JOE TURNER'S COME AND GONE

AUGUST WILSON

ジョー・ターナーが来て行ってしまった

オーガスト・ウィルソン
桑原文子［訳］
AYAKO KUWAHARA

JIRITSU-SHOBO

ジョー・ターナーが来て行ってしまった

私の娘、
サキーナ・アンサリへ、[*1]
彼女の理解に
愛と感謝を込めて

図1　シアトルのウィルソン事務所。(1998年3月)

図2　20世紀初頭のモノンガヒーラ川を航行する平底荷船。川岸に建つのはピッツバーグ・スティール・カンパニーの工場。

図 3　ユニオン鉄道駅の屋上から見たピッツバーグ、ストリップ地区の鉄鋼所の光景。フル稼働する工場の煤煙で空は覆われていた。（1906年 6 月20日）

図4　メルウッド・ストリートからセンター・アヴェニューの道路工事。（1907年12月9日）

図5　ダウンタウンのモノンガヒーラ川岸のモン埠頭で人びとが買い物をする光景。（1900年）

図6　ダウンタウンのペン・アヴェニューとシックス・ストリートの交差点風景。荷馬車や市電が見える。（1906年）

■登場人物

セス・ホーリー　下宿の主人
バーサ・ホーリー　セスの妻
バイナム・ウォーカー　薬草師[*2]
ラザフォード・セーリグ　行商人
ジェレミー・ファーロー　下宿人
ヘラルド・ルーミス　下宿人
ゾニア・ルーミス　ルーミスの娘
マティ・キャンベル　下宿人
ルーベン・マーサー　隣に住む少年
モリー・カニングハム　下宿人
マーサ・ルーミス・ペンテコスト　ヘラルド・ルーミスの妻

■舞台

一九一一年八月。ピッツバーグの下宿屋。下手に台所。台所にはドアが二つあり、一つは屋外便所とセスの作業場へ、もう一つはセスとバーサの寝室へ通じている。上手に談話室《パーラー》。玄関のドアを入ったところがパーラーで、そこの階段は二階の部屋に通じている。外には小さい遊び場がある。

劇について

一九一一年八月のピッツバーグ。天から日光が石のように降ってくる。製鋼所では炎が、勤勉と発展を合体させたように燃えさかる。平底荷船は石炭と鉄鉱石を積んで、モノンガヒーラ川をのろのろと遡って、川沿いに点在する工場街へと向かい、できたばかりの、硬く、輝く鋼鉄を積んで戻って来る。ピッツバーグの町は、その筋肉を屈伸させる。人間は数え切れないほどの橋を川に架け、道路を敷設し、急に住宅が建ち始めた丘にトンネルを掘る。

この町へと、深南部、上南部から、解放されたばかりのアフリカ系奴隷の息子たちと娘たちが、さすらって来る。隔離されて、記憶を断ち切られた彼らは、自分たちの神々の名前もすっかり忘れてしまい、ただその顔を想像するばかりであった。彼らは町にたどり着くと、目が眩み、度肝を抜かれたが、それでも体の中では心臓が、歌う価値のある歌でドキドキ鼓動を打っていたのである。彼らは聖書とギターを抱え、塵にまみれた空っぽのポケットに新たな希望を詰めこんで到着した。人目を引く印がつけられたこれらの男たちと女たちは、自身の可鍛性の部分を叩き直して、確かな、真実の価値がある、自由な人間としての新しいアイデンティティに作り上げる方法を、この町の丸石を敷き詰めただけの曲がりくねった狭い路地、また燃えさかる噴流を吹き出すコークスの溶鉱炉から、なんとか掻き出そうとしていたのだった。

彼らは見知らぬ土地の余所者《よそもの》となったのだが、大事な手荷物として何代にもわたる分離と離散の歴史を携えてきた。それは彼らの敏感な感受性となって表れており、さらに、彼らが自身を再結合し、再構築する方法や、悲嘆の叫びであり、同時に歓喜の産声でもある彼らの歌に、明瞭で、明快な意味を与える方法を模索する際の行動を特徴づけてもいるのである。

図7　マウント・ワシントンの歩道からの眺望。アレガニー川とモノンガヒーラ川にはさまれた地域がダウンタウン。そこから坂を上ったところがヒル地区。（1890年制作の銅版画）

一幕

一幕一場

台所に照明が当たる。バーサは朝食の用意で忙しい。セスは立ったまま、窓から庭にいるバイナムを眺めている。セスは五十代初めである。北部の自由黒人の両親の許に生まれた彼は、熟練した職人であり、下宿屋の主人でもあって、他の登場人物は誰も持っていない安定がある。バーサは彼より五歳若い。二十五年あまりの結婚生活で、見るからに怒りっぽいセスをうまくさばく方法を身につけている。

セス　（窓の所で、笑いながら）こんなしょうもないものは、見たことないな。ほら見ろよ、バーサ。

バーサ　バイナムが庭で鳩といるのなら、もう見たことあるわ。

セス　そうじゃないって……これ、見ろよ。鳩が手からばたばた飛び出したんで、バイナムのやつ、癇癪《かんしゃく》起こしかけてるぞ。

バーサが窓の所まで来る。

セス　やつはあの薮の陰で四つん這いになって、あっちこっち鳩を探してる。ところが鳩は、庭の反対側なんだよ。なっ、あそこに見えるだろ?

バーサ　ねえ、朝ごはんにしたら。あの人のことは放っておきなさいよ。
セス　見ろよ……まだ探してるぞ。まだ見つからないんだな。古臭いチンプンカンプンのまじない*3やってるんだよな。なんでおれがあんなものに我慢してるのか、自分でも分からん。
バーサ　あの人が家のお清めしてくれる時は、何も言わないじゃない。
セス　そりゃ、おまえのために、黙っているだけだよ。おまえときたら、そこらじゅうに塩を撒くわ……敷居にずらっと一セント銅貨を並べるわ……オッカナビックリのまじない*3ばっかりしてるじゃないか。とにかくおまえのために、我慢してやってるんだぞ。おれはあの手のことは、興味がないんだ。それなのに、おまえは、教会に行ったかと思うと、帰って来ればそこらじゅうに塩を撒きたがるんだからな。
バーサ　誰にも迷惑かけてないでしょ。役に立ってるかどうかは、知らないけどね……でも誰にも迷惑かけてないよ。
セス　やつを見ろ。鳩が見つかって、こんどは鳩に話しかけてるぞ。
バーサ　もうすぐビスケット*4が焼けるからね。
セス　やつ、棒で大きな円を描いて、そのまわりで踊っているぞ。やめて欲しいな……（急に窓を離れて、裏口に駆け出す）おい、バイナム！　跳ね回って、おれの野菜、踏むな。おい、バイナム……自分がどこを踏んづけてるか、見てみろ！
バーサ　セス、あの人のことは放っておいたら。
セス　（家の中に戻り）いくら踊り回ったって、かまやしないさ……野菜を踏んづけさえしなけりゃな。

もう、おれの畑はめちゃくちゃにされちまったよ……あいつが雑草を植えたり……鳩だのなんだの埋めたりしてさ。

バーサ　バイナムは誰の迷惑にもなってないわ。あんたの野菜なんて目に入ってないのよ。

セス　その通り！　だからこそ、野菜を踏んづけてるんだよ。

バーサ　例のミスター・ジョンソンの話は、どうだった？

セス　おれ、話したんだよ、道具さえあれば、ミスター・オラウスキーの所なんかで働かずに、人を四、五人見つけて、ここで自分の作業場を始められるのにって。四、五人雇って、鍋やフライパンの作り方を教えてやる、一人が鍋を十個作ると、五人で五十個だ、って言ったんだよ。あの人、考えておくよ、だってさ。

バーサ　そうね、あんたと同じ考えになるかもしれないわ。

セス　あの人はな、おれに家を譲り渡すサインをして欲しかったのさ。おれがその件をどう思ってるか、おまえ、分かってるよな。

バーサ　あんたの言う通りだって、そのうちあの人も分かるんじゃないの。

セス　おれ、サム・グリーンの所に、話しに行ってくるよ。やり方はいろいろあるんだ。やつと話してくる。ミスター・ジョンソンより話が分かるかどうか、やってみるよ。ミスター・オラウスキーの所で働いて、内職でセーリグに鍋を五、六個売ったたって、らちが明かない。おれ、サム・グリーンに会いに行くよ。金を貸してくれるかどうか、やってみるんだ。（窓に戻る）おっ、こんどはカップを持ってるぞ。もう鳩を殺しちまって、小さいカップに血を入れてるところだ。きっと飲むな。

バーサ　セス・ホーリー、今朝はどうしたの？　ねえ、朝ごはんにして、それからベッドで休んだら。バイナムが鳩の血なんか飲まないって、分かってるじゃない。

セス　分かるもんか、やつがなにをやらかすかなんて。

バーサ　じゃあ、見てたら。小さな穴を掘って、鳩を埋めるんだから。それから血にお祈りして……上から注いで……自分で描いた円を消してから家に入ってくるの。

セス　ちょうどそうしているぞ……上から血を注いでるところだ。

バーサ　いつ昼間の勤務に戻してもらえるの？　昼間に戻してくれるって、二か月前に言ってたじゃない。

セス　それはミスター・オラウスキーが、おれに言ったことだよ。あの人がいつだと言うまで、待つしかない。あっちがおれのすることを決めるんだ。おれがあっちに言うんじゃない。頭がおかしくなるよ、相手は自分でもどうしたいか分かってないのに、そいつが考えていることを、あれこれ思いめぐらしてるとさ。

バーサ　そうね、早く昼の勤務に戻してくれるといいね。今みたいに一晩中働いているなんて、納得いかないもの。

セス　納得いかないって言えば、あの若いやつのこともだ。ここから飛び出して、酔っ払ってブタ箱にぶち込まれたんだぞ。

バーサ　誰のこと？　誰が酔っ払って刑務所に入れられたの？

セス　あいつだ、二階にいる……ジェレミーだ。仕事から家に帰る途中、おれがローガン通りに寄ったら、仲間の一人が教えてくれたんだ。逮捕されるところを見たんだってさ。

バーサ　どうして今朝はジェレミーの姿が見えないのかな、って思ってたのよ。

セス　いいか、おれはそういうことは我慢できないんだ。あいつが来た時、言っといたぞ……

バイナムが草を少し持って庭から登場。背が低く、よく太った六十代初めの男。彼は呪術師あるいは薬草師で、常にすべてを思うままに統括している印象を与える。彼は何事にも思い悩むことがない。自分が作った世界にすっかり没頭し、自分の壮大な計画に対するどんな妨害や苦労にも耐えているように見える。

セス　何してるんだよ、家の中まで雑草なんか持ち込んで？　外じゃおれの野菜を踏んづけるし、こんどは中まで雑草を持ち込もうとしてるな。

バイナム　おはよう、セス。おはよう、シスター・バーサ。

セス　何か植えたりして、おれの庭をめちゃくちゃにしたな。出て行って、雑草、全部抜いとかないといかんな。

バーサ　バイナム、今朝、女の人が会いに来てたよ。あんたは庭に出てたから……またあとで来るように言っておいたわ。

バイナム　（セスに）具合が悪そうだね。どうしたんだい、ちゃんと食べてないのかね？

セス　病気だったらどうなんだよ？　そんな物持って、近寄って来るな。

バーサはビスケットの皿をテーブルに置く。

バイナム　おや……まあ……バーサ、あんたのビスケットはますますふっくらしてきたな。（ビスケットを取って食べ始める）ジェレミーはどこだね？　今朝は姿が見えないな。土曜の朝はいつも、だべって、ダラダラしてるんだがな。

セス　あいつがどこにいるか、おれは知ってるぞ。どこにいるか、ちゃんと知ってるんだ。ブタ箱にぶち込まれちまったんだぜ。酔っ払って、バカな真似しやがって。アホなあいつに、ぴったりの場所にいるのさ。

バイナム　ミスター・パイニーの部下に捕まったんだろ、そうだよな？　やつら、ほんのちょっとの間、捕まえとくだけだ。ジェレミーはまっすぐ戻って来るよ、ラバよりもっと腹を空かせてな。

セス　気に入らないね、そういうけしからん振る舞いは。ここは世間に恥ずかしくない下宿屋なんだよ。バカ者や酔っ払いは、ここじゃお断りだ。

バイナム　あの子は、まだまだ田舎っぽいな。こっちに来て、二週間しかたってない。野暮ったさが抜けるまで、しばらくかかるな。

セス　こいつらくろんぼ《ニガー》*5どもは、時代遅れの、田舎臭い暮らしぶりをひっ提げて、こんな所までやって来やがる。もう十分やっかいなんだよ、そんな世間知らずの振る舞いしなくたってさ。奴隷制が終わってからずっと、バカげた真似するニガーばっかりだ。工場や、道路工事で人手が要るって噂が広がる……すると野郎どもは何もかもほっぽり出して、自由を探しに北部に出て来るんだ。やつらは白人も職を探してるなんて知りもしない。白人がな、世界中から来るんだぞ。白人なら来て半年もすりゃ、おれより金持ちになるんだよ。それなのに、やつらは、どんどんやって来るんだ。歩いて……乗り物に乗って……聖書を抱えてな。あいつはギターなんか抱えて、わざわざノースカロライナから出てきた。あいつ、何を見つけるのかね？　ギターでどうするつもりだよ？　ここは都会なんだぞ。

セス　ニガーどもが奥地から、こんな所までやって来やがる……聖書とギターを抱えてな、自由を探しに、片田舎から、こんな所までやって来るんだ。やつら、ぶったまげることになるんだぜ。

ドアにノックの音。

セスがドアに出る。ラザフォード・セーリグが登場。セスとほぼ同年齢。脂じみた汚い髪の痩せた白人。行商の彼は、セスに鍋やフライパンを作る材料を提供し、出来上がった品物を川沿いにある工場街を一軒一軒行商して回る。彼は顧客たちの名簿に彼らの転居先を記入しており、いろいろのコミュニティで「人捜し屋」として知られている。金属製の薄板を何枚も脇に抱えている。

セス　おっと！　今日あんたが来るってこと、忘れてた。入りなさいよ。
バイナム　なんと、ラザフォード・セーリグだ……「人捜し屋」本人じゃないか。
セーリグ　元気かい、バイナム？
バイナム　おれの輝く男のことだけどさ。何か話してくれよ。一ドル渡しておいたんだから……報せを待ってるんだ。
セーリグ　セス、ほら八枚あるよ。
セス　（金属製の薄板を受け取りながら）これは何？　おれに寄こしたのは何だよ？　これ、どうすればいいんだ？
セーリグ　チリ取りが要るんだよ。みんながチリ取りを欲しがってる。
セス　一個、十五セントになるな。柄をつけると十セント増しだ。
セーリグ　柄がついたので、一個二十セント払うよ。
セス　いいだろう。ただし、この金属板には十五セントしか払わないよ。
セーリグ　板は一枚二十五セント。それで話がついてるぞ。
セス　これは質が悪い板だ。十セントの価値しかないね。おまけして、十五セント払うんだよ。これに二十五セントの価値がないって、あんたも分かってるだろ。質の悪い板もってきて、二十五セントなんてふっかけないでくれよ。
セーリグ　分かった。一枚十五セントだ。とにかくこれでチリ取りを作ってくれ。

セスは金属製の薄板を持って裏口から出て行く。

バーサ　さあさあ、セーリグ、そこに座ってよ。コーヒーとビスケットを出すから。

バイナム　こんどはどっちに行ってたんだね？

セーリグ　川上に行ってた。モノンガヒーラ川に沿ってね。ランキンを過ぎて、ずっとリトル・ワシントンのあたりまでだ。

バイナム　誰か見つかったかね？

セーリグ　セイディ・ジャクソンをブラドックで見つけた。彼女の母親がスコッチボトムにいて、娘からずっと便りがない、どこにいるのか分からない、って言っててさ。娘さんは、ブラドックのイノック通りで見つけた。おれのフライパンを買ってくれたんだよ。

バイナム　おまえさん、このあたりでいろんな人を見つけてるのに、どうしておれの輝く男を見つけてくれないんだね？

セーリグ　おれが見た輝く男は、道路工事している黒ん坊[*6]の一団だけだな。汗で体が光ってたよ。

バイナム　いやいや、あの男なら、おまえさんにも分かるはずだよ。新しい硬貨みたいに輝いてるんだからな。

セーリグ　さてね、言っただろ、名前のないやつは捜せないって。

バーサ　セーリグ、さあ熱々のビスケットを一つどうぞ。

バイナム　その男は名前がないんだよ。おれはジョンって呼んでる。見かけたのがジョンズタウンのあたりだったからな。それが、特別な一人の男なのかどうかさえ、はっきりしないんだよ。あの光は、別の誰かに受け渡せるのかもしれない。光っていれば誰だって、その男なのかもしれないよな。

セーリグ　光っているって以外に、どんな特徴がある？　光っている黒ん坊なら大勢いるよ。

バイナム　あれは、おれがただ道で出会った男なんだ。とりたてて特徴はなかったな。道でおれのほうへ歩いてきた男だ。近づいて来て、道がどっちに向かってるか尋ねた。おれはその道について知っていることを全部話してやった、どこに向かってるのか、とかね。それから男が、腹が減ってるけど、何か食べもの持ってないか、と訊いたんだ。三日も何も食ってないって言うのさ。おれはね、旅に出る時は、かならず乾燥肉の一切れぐらい持っている。じゃなきゃオレンジ一個か、りんご一個だな。だから男にオレンジを一個やった。男はオレンジを受け取って、食った。それから、見せたいものがあるから、いっしょにその道を少し歩こうって言った。おれはついて行って、男が見せたいというものを、見たいと思った。男の様子には、そんな気にさせるものがあったんだ。

おれたちは少し歩いたが、なんだか男と出会った場所から離れていくような感じがした。すると突然、おれたち、男が来たほうに進んでるんじゃなくて、おれが来たほうに戻っているんだって、気がついたんだよな。男はその道をまったく知らないと言ってたのに、なぜだろうと、おれはわけを尋ねた。男は、自分の中で声がして、どっちに行くのか教えてくれるんだ、って答えた。いっしょに行けば、「人生の秘密」を見せてやる、って言うんだよ。そりゃもちろん、おれはついて行ったさ。「人生の秘密」を見せてくれる人を、軽々しく扱っちゃいけないしな。おれたちは道が曲がっているあたりに来た……

セスが鍋を各種取り合わせて持ってくる。

セス　ここに六個ある、セーリグ。

セーリグ　ちょっと待ってくれ、セス。バイナムが「人生の秘密」の話をしてくれてるんだ。さあ、続けて、バイナム。その話、聞きたいよ。

セスは鍋を置いて裏から退場。

バイナム　道が曲がっているあたりに来ると、男がおれに両手を出すように言った。そして自分の手で、おれの手をこすりあわせた、見ると、おれの両手に、血がついてたんだよ。男が言った、その血をおれの体中にすり込むように……それがおれを清める方法なんだって。それからおれたち、その角を曲がった。曲がると、突然、同じ場所にいるんじゃないような気がした。そこを曲がると、何もかも元の二倍の大きさに見えたんだよ。木も、何もかも、実物よりでかかった！　雀が鷲ぐらいなんだぜ！　おれは男を見ようと振り向いた。すると男は体から光を放っていた。目がくらまないように、おれは目をふさがなきゃならなかったな。男は新しい硬貨みたいに輝いていた。男は輝いていたんだが、とうとう体から光が全部にじみ出てしまったみたいで、やがて姿が消えた。おれは、なにもかも実物よりでかい、見知らぬ場所で、ひとりきりだった。

　このでかい場所から引き返そうと、おれは元の道を探して歩き回った……あたりを見渡すと、そこにおやじが立っているのが見えたんだ。おやじは、いつも通りの大きさだったよ、手と口以外はな。おやじの口はでっかくて、顔中が口みたいだったし、手ときたら、ハムぐらいあった。でかすぎて、もてあますほどだったよ。おやじは、おれをそばに呼んだ。おれのことをずっと思っている、おれが他人の歌を抱えて世の中を生きている、自分の歌を持ってない、それが悲しいって言った。自分の歌を見つける方法を教えてやろうって言って、それから、でかい場所のさらに奥へと連れて行った。とうとうおれたち、でっかい海へ出た。それから、おやじはあるものを見せてくれた、それはとても口じゃ説明できないものだったんだよ。だがな、辛抱強く見届けた人なら、きっとその場で、あるものを見たはずだ。おれはそこにしばらくいて、おやじに見たものの意味を教えてもらい、自分の歌の見つけ方を教えてもらったんだ。おやじに輝く男のことを尋ねたら、それは「先を歩み、道を示す人」[*7]だと答えた。輝く男は大勢いて、おれが死ぬまでにもう一人の輝く男に会えれば、おれの歌は認められ、その歌の力を全部この世で出し切ったと分かる、そこでおれは幸せな男として、静かに死ねると言った。人生に自分が生きた印を残した男としてな。つまり、人びとが、自分たちの人生に真実を見つけられたと、抱き合って喜べるように、力を貸した男としてだ。それからおやじはどうやって元の道へ戻るか、教えてくれた。おれは何もかも普通の大きさの場所に帰って来た、もうおれには、自分の歌があったんだよ。おれの歌は

「結ぶ歌」だった。それを選んだのは、旅をしている時、いちばんよく目にしたのは……みんなが離ればなれに去って行くところだったからなんだ。だから、おれは自分の歌の力を使って、人と人を結ぶんだよ。

セスがキャベツとトマトを持って庭から登場。

バイナム　それからずっと人を結《バインドして》んでいる。だから、結ぶ人《バイナム》って呼ばれるのさ。ちょうど糊みたいに、おれは人をくっつけるんだ。

セス　時には、くっつくはずじゃない人もいたんじゃないのか。そのこと、考えたことあるのかよ?

バイナム　いや、おれは軽々しくやらないからね。それをするたびに、自分のどこかを削らなくちゃならないんだ。おれは「くっつくものを結ぶ人」だよ。まずは、その人たちがくっつくものかどうか調べないとな。くっつかないものを結びつけるなんて、できやしないさ。

セーリグ　ところで、「人生の秘密」はどうなった?　男が「人生の秘密」を教えてくれるって、言ったんだよな?　おれが知りたいのは、それなんだよ。

バイナム　ああ、ちゃんと教えてくれたよ。でもな、おまえさんは、自分で悟らないといけないね。代わりに悟るなんて、誰にもできないさ。自力で見つけ出さないといかんな。だから、おれは輝く男を捜してるんだ。

セーリグ　じゃあ、輝く男を、気をつけて捜すようにするよ。セス、何を持ってるんだ?

セス　ほら、キャベツとトマトだ。うちのインゲン豆が旬で、うまそうになってきたよ。来年はあそこで、ブドウを始めてみようと思ってな。ブーテラが少しブドウの蔓をくれるって言ったから、あそこに、植えてみるんだ。

セーリグ　鍋はいくつある？

セス　六個。それで六ドル、そこから引くことの金属板の十五掛ける八が一ドル二十で、四ドル八十セントおれの貸しだ。

セーリグ　（金を数えて）はいよ、四ドル……それと……八十セント。

セス　チリ取りは、いくつ要る？

セーリグ　あの板で作れる限りたくさんな。

セス　そんなに要るかね？　どうやってチリ取りを作るか、考えながら板を切るから……いくつできるか、はっきりしないな。

セーリグ　要るんだよ。次の時も、もっと作ってくれていい。

セス　いいけど、あんた、その言葉忘れるなよ。

セーリグ　ビスケットご馳走さま、バーサ。

バーサ　いつでもどうぞ、セーリグ。

セス　どっちのほうに行く？

セーリグ　ホィーリングまでだ。ウエスト・ヴァージニアを通ってね。土曜日に戻るよ。そっちで、新しい道路を作ってるんだ。旅が楽になるな。

セス　そうらしいな。このあたりもだよ。うちに下宿してるやつも、ブレイディ・ストリート橋のそばで道路工事してる。
セーリグ　そうか、旅が愉快になるだろうな。キャベツありがとう、セス。土曜にな。

セーリグが退場。

セス　（バイナムに）なんであの男に、例のバカげた話なんかするんだよ？　輝く男のくだらん話をさ。
バイナム　くだらない話じゃない、っておまえさんも分かってるだろ。バーサはくだらない話じゃないって分かってるよ。セーリグが分かっているかどうか、知らんがね。
バーサ　セス、チリ取りにとりかかったら、あたしにもコーヒーポット作ってよ。
セス　おまえのコーヒーがどうかしたのか？　何も問題ないだろ。バーサが淹れるコーヒーはうまいよな、バイナム。
バイナム　おれ、コーヒーのことは、うっかりしてたよ。バーサがうまいビスケットを作るのは、よく分かってるんだけどな。
セス　おい、コーヒーポットなんか、作る気ないぞ。聞いてただろ、おれがセーリグに、あの板で、できるだけたくさんチリ取りを切り出すつもりだ、って言ったのを……それだのに、急にコーヒーポットが欲しいだなんてさ。
バーサ　あんた、いいから、さっさとあたしにコーヒーポット作ってちょうだい。

ジェレミーが玄関から登場。彼は二十五歳ぐらいで、世界を自分の手中に収めていて、人生の挑戦を正面から受けて立てるという印象を与える。よく笑う。熟達したギター奏者ではあるが、自分の魂を歌に作り上げるほどの域には達していない。

セス　ミスター・パイニーの部下に捕まったって聞いたぞ。

ジェレミー　おれ、何もしてないのに、罰金二ドルだ！　何もしてないのによ。

セス　おまえがここに来た時、言っただろ、おれの家は誰でも知ってるんだって。このあたりは品がいい地区だって、誰でも知ってるんだ。ふざけた真似には、我慢ならん。誰でも知ってるんだからな、セス・ホーリーが管理する家はきちんとしてるって。おやじの家だったんだぞ。この家は長い間、上品な家だったんだからな。

ジェレミー　セスさん、おれ、何もしてないよ。労働者クラブに寄って、酒を注文したんだ。おれとアラバマから来たローパー・リーでさ。おれたち、半パイント注文した。半パイントを二人で半分ずつにしようと思ってたところに、やつらが近寄ってきたんだよ。働いているかって訊いた。おれたちは、あっちで道路を作ってる、給料日なんだって返事をした。やつら、その二ドルをかっぱらおうと、おれたちを捕まえやがった。おれもローパー・リーも、一口飲む暇もないうちに、パクられちまった。

セス　気に入らないな、そういうけしからん振る舞いは。

バーサ　セス、その子に構わないでちょうだい。警察がそういうことをするって、知ってるじゃない。あの人たち、通りに人が多すぎるって思うと、何人か引っ張って行くの。知ってるでしょ。

セス　おれは、人の噂になりたくないんだ。

バーサ　誰もなんの噂もしてないよ。あんたがひとりで思い込んでいるだけじゃない。ジェレミー、トウモロコシ粥《グリッツ》とビスケットはどう？

ジェレミー　ありがとう、バーサさん。やつら、ゆうべ何も食うものくれなかった。よかったら、大きなボウルでもらおうかな。

ドアにノックの音。セスが出る。ヘラルド・ルーミスと十一歳の娘、ゾニアが登場。ヘラルド・ルーミスは三十二歳。ときどき彼は取り憑かれたようになる。彼は一見、背後から吠えたてる地獄の番犬に追い詰められている男のように見えるのだが、じつは、自分の何かに訴えかけてくる世界を見つけようとして行き詰まっているのである。彼は自分の周囲で渦巻いている力と調和できず、世の中を彼自身の存在も許容するものに作り直そうとしている。帽子をかぶり、長いウールのコートを着ている。

ルーミス　ご主人、おれと娘で泊まれる所を探してるんだ。部屋があるって看板が出ているね。

セスはルーミスを品定めしながら、じっと眺める。

ルーミス　なあ、部屋がないなら、ほかを当たるよ。
セス　どれぐらいいる予定かね？
ルーミス　分からないな。二週間か、もしかするともっとだな。
セス　部屋は週に二ドル。一日二食付きだよ。部屋とまかないで二ドルだ。前金だよ。

ルーミスはポケットを探る。

セス　子どもは、別に一ドルだ。
ルーミス　この子は同じ部屋で寝るんだよ。
セス　だがな、同じ皿から食べるのかね？　食事を一日に二度出すんだからな。食べもの代に、一ドル追加なんだよ。
ルーミス　追加の一ドルがなくてね。この子に、料理や、掃除や、いろんなこと手伝わせてもらえないか、おたくのおかみさんに頼んでみようと思ってたんだが。
セス　子どもが手伝っても、食べものが食卓に載るわけじゃない。食料を買うのにその一ドルが要るんだよ。
ルーミス　五十セント余分に払う。たくさんは食べないから。
セス　いいよ……だがな、五十セントじゃ、半分の量しか買えないね。

バーサ　セス、この子、役に立つわ。この子に手伝いをさせましょうよ。あたし、人手があれば助かるから。

セス　じゃあ、週に二ドル。前金だよ。土曜日から土曜日までだ。続けて泊まりたければ、次の土曜日にまた二ドルだ。

ルーミスはセスに金を払う。

バーサ　あたしはバーサ。こちら主人のセスよ。あっちにいるのが、バイナムとジェレミー。

ルーミス　ほかにここに住んでいる人はいないのかな？

バーサ　今、ここに住んでいるのはこの人たちだけよ。みんな、出たり入ったりでね。今、ここにはこの人たちだけ。コーヒーとビスケットはいかが？

ルーミス　今朝はもう食べた。

バイナム　どこから来たんだい？　ミスター……名前を聞いてなかったな。

ルーミス　おれはヘラルド・ルーミス。これが娘のゾニア。

バイナム　どこから来たんだね？

ルーミス　あっちこっちからだ。おれたち、道が続くまま、どこでもかまわず進むんだ、それが、おれたちの行き先なんだ。

ジェレミー　仕事を探してるなら、おれ、橋のそばで道路工事してるんだけどよ。人手が足りなくてさ。いつでも雇ってくれるよ。

ルーミス　おれは、マーサ・ルーミスという名の女を捜している。おれの妻だよ。書類も揃えて、正式に結婚してるんだ。

セス　ルーミスっていう名前の人は知らないな。マーサなら何人か知ってるけど、ルーミスは知らんな。

バイナム　人を見つけたいなら、ラザフォード・セーリグに会うんだな。セーリグは「人捜し屋」だ。ラザフォード・セーリグは第一級の「人捜し屋」だよ。

ジェレミー　見かけは、どんな人？　見たことあるかもしれないよ。

ルーミス　褐色の肌の女だ。長くてきれいな髪をしてる。身長は地面から五フィートぐらい。

ジェレミー　知らないな。見たことあったかもしれないけど。

バイナム　ラザフォード・セーリグに会うんだよ。一ドル払って、名簿に奥さんの名前を載せてもらうんだ……名簿に名前が載ると、ラザフォード・セーリグはすぐ出て行って、見つけるよ。おれもある人を捜してもらっているんだ。

ルーミス　その男が人を見つけるって言うんだな。で、その男はどうやって見つけるんだ？

バイナム　ちょうどすれ違いだね。セーリグはもう川下《かわしも》に行ってしまったよ。土曜日まで待たないとならんな。鍋やフライパンを持って川下に行ってしまった。毎週土曜に、セスに会いに来る。それまで待つんだな。

セス　さあ、あんたの部屋を見せるよ。

セス、ルーミスとゾニアが階段を昇って退場。

ジェレミー　バーサさん、よかったら、あの人にあげようとしてたビスケットも、もらうよ。なあ、バイナムさん、ほんとかよ、このあたりにそういう人がいるって？　人を捜す人がいるって？

バイナム　ラザフォード・セーリグだよ。鍋やフライパンの行商をしていてな、訪ねた先で一軒残らず、全員の名前と住所を書き留めている。だから人を捜してたら、セーリグに会いに行くのは、当たり前なんだ……誰がどこに住んでるか知っているのは、あの人だけだからな。

ジェレミー　おれ、昔知ってた女の子を捜してもらえばよかった。またあの子に会えたら楽しいだろうなあ。

バーサ　（ジェレミーにビスケットを渡して）ジェレミー、きょうはベッドのシーツをはずして、ドアの外に出しておく日よ。きれいなのを用意しておくからね。

バイナム　ジェレミー、ゆうべはミスター・パイニーの部下に、お楽しみの時間を台無しにされたな……今晩、どうするつもりかね？

ジェレミー　バイナムさん、やつらのせいで、外に出るのが怖くなったよ。またパクられるかもしれないからさ。

バイナム　ギターを持って、シーファスに行けばいいんだよ。シーファスには賭博場がある。ワイリー通りだよ。ギターを持ってシーファスに行けばいい。そこでギター・コンテストやってるから。

ジェレミー　バイナムさん、おれ、コンテストには出ないんだ。ある白人野郎のせいで、コンテストから足を洗うことにしたんだよ。あれっきり、コンテストに近寄ったことがないな。

バイナム　白人にギターで、負かされたのか？

ジェレミー　いやいや、負けたんじゃない。おれは家で、ちょうど座って飯を食おうとしてた、そこにおれを見つけに誰かが来た。一番うまいギター弾きに賞金を出すと言ってる白人がいる、って言うんだよ。おれ、ギターを持って、そこに行ったさ。誰かがボボ・スミスを見つけに行って、そこまで連れて来た。彼ともう一人、フーターってやつをね。フーターの野郎はギターなんか弾けやしない、弾いてるってより、叫んでばっかりだ。だがボボのほうは、少しはやれたんだよ。

そこに立っているやつが、賞金を出すのは自分だ、って言った、そこでおれとボボはそいつのために弾き始めたんだ。ボボが何か弾くと、次におれが、やつよりもっとうまいのを弾こうとした。フーターの野郎は、ただ叫んでギターを叩くだけ。あんなひでぇギター弾きは見たことないな。で、おれとボボが弾いたんだ。しばらくすると、おれはボボがどうやってこの白人の注意を引いてるのか、分かった。やつは何か弾くんだけど、弾きながらギターのサイドを、バシバシ叩くんだよ。それが実際よりうまく弾いているように聞こえるんだな。で、おれも同じことをやり始めた。白人は違いなんか分かりゃしない。ギターの弾き方なんて、フーターと同じで、なんも分かっちゃいないんだ。しばらく弾いた後で、白人がおれたちをそばに呼んだ。おれたち三人とも最高のギター弾きだから、決められない、賞金は山分けするほかない、とぬかした。で、やつが寄こしたのは、二十五セントさ。つまり一人頭《ひとりあたま》八セントで、一セント余りだ。この一件で、おれは今日まで、コンテストで弾くことから足を洗ったんだよ。

バイナム　シーファスはそんなじゃないよ。シーファスならちゃんと一ドルくれるし、ウィスキーつきだ。

ジェレミー　集まるのは何曜日？

バイナム　毎晩だ。音楽には、曜日なんて関係ないよ。

バーサ　そんな人たちがいるシーファスに行くとね、あんた、しまいには手入れに遭って、きっと刑務所行きだよ。どうしてバイナムは、あんたにそんな話をするんだろうね。

バイナム　そこは音楽があるんだよ。そこは人が集まるんだ。そこでみんなが、音楽をやって楽しんでいる。刑務所行きの危険を冒したって、やってみる価値があることもあるんだよ。

バーサ　ジェレミーはそんな場所には用がないの。

ジェレミー　そこ、女はいるかな、バイナムさん？

バイナム　ああ、もちろんだ、そこには女がいる。女はどこにでもいるさ。女は男がいる所にいるもんだ、お互い相手を見つけられるようにな。

ジェレミー　おれたちが道路作っている所にさ、女どもが来るんだよな。誰か引っかけようと、うろうろしているよ。

バイナム　なんでそれの誰かが、おまえに飛びつかないんだ。

ジェレミー　そういうやつは、ごめんだね。必死なのはさ。必死な女ほど手に負えないものはないな。別れる、って言おうもんなら、そいつは泣いたり、わめいたり。それで、ますますさっさと逃げ出したくなるだけだ。そいつは引き留めようと、男の服とか切ったりし始める。男にとっちゃ、必死な女はトラブルそのものだよ。

セスが階段から登場。

セス　あの男、どこか変だな。
バーサ　どこがおかしいの？　あの人、なんて言ったの？
セス　やつを二階に連れて行って、話そうとしたんだ。だがな、やつとはまともに話が通じないんだよ。やつの話じゃ、ずっと旅をしていて……オハイオから来たんだってよ。やつ、教会の執事だったんだと。マーサ・ペンテコストを捜してるんだとよ。それがかみさんだって言うんだよな。
バーサ　どうしてあのマーサだって分かるの？　別の人の話かもしれないじゃない。マーサっていう名前の人なら、いっぱいいるわ。
セス　あの女の子を見ただろう？　やつがその話をしたんで、ぴんと来たんだ、あの子はマーサと瓜二つだよ。バイナムに訊いてみろ。（バイナムに）なあ、あの子はマーサ・ペンテコストと瓜二つだよな？
バーサ　そうかな、あたしは、別の人だと思うけどね。
セス　やつの説明からして、誰のことだかはっきりしてる。爪の先まで、そっくりマーサの特徴をなぞってたぞ。

バーサ　あんたはなんて言ったの？
セス　なんにも言わないさ。ああいう見てくれの男には、なんにも教えてやらないよ。なんのために
マーサを捜してるのか、分かったもんじゃない。
バーサ　あの人、ほかにどんなこと言おうとしてたの？
セス　言っただろ、やつとはまともに話が通じないって。外の便所の場所を教えて、女の子を玄関の
ポーチとおれの庭に入れないように、言っといた。おまえに、女の子のためにタライに湯を用意
してもらえるか訊いてたな。ま、ざっと、そんなとこだ。
バーサ　あたしは、あの人は大丈夫だと思うけどね。さあ、もう寝たら。
バイナム　あの人は、マーサを捜していて、自分は教会の執事だと言ってたな。
セス　それは、やつが言ったことだ。あんた、やつが執事なんかに見えるかね？
バーサ　そうかもしれないじゃない、分からないわよ。バイナムもはっきり、あの人が執事だって
言ってるわけじゃないでしょ。
セス　へっ、やつが執事なら、牧師の顔が見たいもんだ。
バーサ　さあ、もう寝たら。ジェレミー、いいわね、忘れずにシーツをドアの外に出しておいてよ。

バーサが寝室に退場。

セス　バイナム、あの男は、どっか変だ。あさましい顔つきのニガーってやつだよな。二十五セント

の賭で、人殺しでもしてきたみたいだぜ。

バイナム　あの人はギャンブラーじゃない。ギャンブラーはいい靴履いてるもんだよ。彼が履いてるのは、作業用のドタ靴だ。はるばる歩いて来たんだな。

ゾニアが階段から現れ、あたりを見回す。

バイナム　裏口を探してるのかね、嬢ちゃん？　あそこだよ。外に出て遊んでおいで。大丈夫だよ。

セス　（戸口を教えながら）外に出て遊んでいいよ。おれの庭だけは入っちゃだめだ。それから、作業小屋でふざけるんじゃないよ。

セスは寝室に退場。ドアにノックの音。

ジェレミー　誰か来たな。

ジェレミーがドアに出る。マティ・キャンベルが登場。二十六歳の若い女性で、満足のいかない生活の重圧と不安で彼女の魅力は隠れてしまっている。本気で愛と交際を探し求めている女性だ。探し求める中で彼女は多くの挫折を味わってきたし、妥協する気が全然ないわけではないが、しかしまだ愛が見つかる可能性を信じている。

マティ　バイナムという男の人を捜してるの。おかみさんに、あとで来るように言われてね。
ジェレミー　ああ、ここにいるよ。バイナムさん、お客さんだよ。
バイナム　おれに客だって？
マティ　みんながバイナムって呼んでいるのは、あなたかしら？　いろんなことを直せる人だって聞いてるんだけど？
バイナム　直すものが、何か、によるね。約束はできないな。だが、ある種のことには、強い効き目がある歌をもってるよ。
マティ　あたしの彼が戻って来るようにしてくれる？
バイナム　入りなさいよ……座って。
マティ　助けが要るの。あたし、もうどうしたらいいか、分からないわ。
バイナム　周辺の状況が、どう合わさってくるか、次第だな。断片が全部、どうくっつくかだ。
マティ　やれることは、もう全部やってみたわ。どうしても、彼をあたしの所に戻って来させてちょうだい。
バイナム　戻って来させるのは、わけないさ。男があんたから離れては、とても暮らせないようにしてやれるよ。根っこも、粉薬もある。これの効き目で、男がどこにいたって、あんたの顔が目に浮かんで、眠れないようにしてやれる。あんたのことを思って、食べものも喉を通らなくしてやれるよ。

マティ　そう、そうして欲しいの。彼を戻って来させて。
バイナム　根っこは効き目が強いよ。その男がある日玄関を出ると……何も考えられなくなるようにしてやれるよ。男にはわけが分からないんだ。とにかく、ものすごい不満が骨までしみこんでしまって、何をやったって満足できないんだよ。男が道に一歩踏み出すと、木を吹く風が語りかけ、道のどこを踏んでも、あんたの名前が響く、そして、何かの力で、男はぴたっとあんたの玄関まで引っ張って来られるんだ。さあ、これならできるよ。おれの持っている根っこでもって、簡単にそうしてやれる。だがな、もしかするとその男は、戻るはずの人じゃないのかもしれないよ。もし戻るはずじゃないなら……だとすると、ある朝、その男はあんたのベッドで、ふっと自分が間違った所にいるって気づくんだ。自分がいるはずの場所や時間から外れて、迷子になってしまったんだ、ってな。そうなると、あんたたちはふたりとも道に迷って、人生の外に閉め出され、元に戻れる見込みがないんだよ。なぜって、あんたたちは、自分自身からはぐれてしまったんだから、自分のすべての面が一つにまとまる場所、歌う価値のある歌で胸をドキドキさせながら、元気はつらつと暮らすはずの場所から、はぐれてしまったんだからな。
マティ　彼をあたしの所に、戻って来させて。彼が歩くたびに、道にあたしの名前が響くようにして。何が起きてもいいの。戻って来させてよ。
バイナム　男の名前は？
マティ　ジャック・カーパーで通ってるわ。アラバマ生まれで、ウエスト・テキサスに来て、あたしと出会って、ふたりでここに来たの。来て三年で、彼が出て行っちゃったのよ。あたしには呪いのまじないがかかってるって言って、道を歩いて行って、それっきり帰って来ないわ。こういうことなら、あなたが直せるって教えてもらったの。

バイナム　男はある日起きると、道に出て、歩いて行ってしまったのかね？

マティ　ねえ、どうしても彼を帰って来させて。

バイナム　彼、さよならは、言ったかね？

マティ　なんにも言わなかった。ただ歩き出したの。彼の姿が消えるのが見えたわ。振り向きもしなかった。どんどん歩いて行っちゃった。彼が戻るようにしてくれる？　あたし、呪いのおまじないなんて、かかってないわ。自分で分かってるもの。

バイナム　どういうわけで男は、あんたに呪いのまじないがかかっている、って言ったのかな？

マティ　赤ちゃんが死んだからよ。あたしとジャックには、赤ちゃんが二人いたわ。二人とも生まれて二か月もたたずに、死んじゃった。誰かがあたしに呪いをかけて、赤ちゃんを持てなくしてるんだって、彼が言ったわ。

バイナム　赤ん坊が死んだとなると、その男はあんたと結ばれてないな。あんたらが結ばれるのを、誰かが邪魔してるようだ。それで男は、誰だか知らんが、その女の所に行ってしまったんだ、というのも男はもうその女に結びつけられているからだよ。どうしようもないな。この件では、誰かが強い力をもっていて、それを破ろうにも打つ手がないんだよ。あんたは、その男にこの世でいるべき場所を、見つけさせてやるしかないね。

マティ　ジャックは行っちゃったんだから、もう彼のことは忘れろって言うのね。あたし、生まれてからずっと、足を止めてあたしといっしょに暮らしてくれる人を捜してきた。忘れなきゃならないことが、もういっぱいありすぎるわ。ジャック・カーパーの手はね、触ってみたら、ごつごつして強い手だった。彼に抱かれた時、世界一強い男だって感じたわ。まるで彼は全世界より大きくて、あたしにはどんな悪いことも起こらないって気がしたの。彼も時々意地悪なことしたけど、その時だって、世の中のことはちっとも心配ないって思わせてくれた。世の中には、あたしだけのための場所があるってね。それなのに、もう彼のことを忘れろって言うのね。

バイナム　ジャック・カーパーは自分がいるべき場所に行ったんだよ。ほら、ちょうど今、誰かが、あんたの玄関を探しているところだ。ジャック・カーパーのことで、やきもきすることなんかないさ。あんたの頭は、今は彼のことでいっぱいになってる。だがな、自分がジャック・カーパーのことを考えていると気がつくたびに、その考えを頭から押し出すんだよ。すると、その考えはだんだん弱くなって、ある朝、目が覚めると、彼のことを思い出すことさえできなくなっている。（小さい布の包みを彼女に渡す）これを持って行って、枕の下に入れて寝てごらん、幸運を呼ぶからな。磁石みたいに、幸運をあんたに引き寄せるよ。それほどたたないうちに、ジャック・カーパーのことをすっかり忘れられるさ。

マティ　おいくら……かしら？

バイナム　あるだけでいいよ……それでいいんだ。

マティはバイナムに二十五セント硬貨を二枚渡す。ドアのほうへ行く。

バイナム　それを枕の下に入れて寝るんだ、そうすれば大丈夫だから。

マティがドアを開けて出ようとすると、ジェレミーが彼女に近づく。バイナムは彼らの会話の最初の部分を聞き、それから裏口から退場。

ジェレミー　あんたがバイナムさんに話しているの、聞こえたよ。昔、おれも女に同じことされたんだよな。ある朝、目を覚ますと、そいつは姿を消してた。知らない所に、とにかく行っちゃったんだよ。その朝、おれは目を覚まし、できたのは、自分の靴を探し回ることだけ。おれは目を覚まし、そこから出て行った。靴を見つけて、出たんだ。おれには、それしかすることが思いつかなかったな。

マティ　その人、なんにも言わなかったの？

ジェレミー　おれはただ靴を探して、そこから出て行ったさ。

マティ　ジャックもなんにも言わなかった。ただ歩いて行っちゃったわ。

ジェレミー　そういうことする男っているよな。女もだ。おれは、その女を捜しに行かなかった。出て行くのを放っといた。そいつもいつか、目を覚ますと思ってさ。おれが邪魔したって、無駄だもんな。あんた、どこから来たんだい？

マティ　テキサス。ジョージアで生まれたんだけど、ママとテキサスに行ったの。ママはもう死んだわ。桃をもいでいて、落ちて死んじゃった。あたし、ジャック・カーパーとここに来たの。

ジェレミー　おれはノースカロライナからだ。ローリーのあたり、タバコが取れる所だよ。ここに来て二週間。気に入ってるけど、まだ彼女が見つからなくてさ。あんたきれいだね。あんたのドアのとこには、男どもが立っていそうだな。あんたを見ようと、ドアに立ってる男はいるのかい？

マティ　ジャックがいなくなってから、誰もいないわ。

ジェレミー　あんたみたいな女には、男がついてないとね。おれがあんたの彼氏になろうか。女の扱いはうまいよ。みんなそう言ってたぜ。

マティ　さあ、どうかしらねえ。ジャックが帰って来るかもしれないし。

ジェレミー　帰って来るまで、あんたの彼氏になるよ。女はひとりぼっちじゃだめだ。彼が帰って来るまで、彼氏にしてくれよ。

マティ　あたし、いろんな男の人と適当に付き合いながら生きていくなんて、できないわ。ずっといっしょにいてくれる人が欲しいの。

ジェレミー　この先どうなる、なんて分かりゃしないさ。おれがその男になるかもしれないよ。分からないよな。少しおれといっしょに、やってみないか？

マティ　さあ、どうかしらねえ。まあ、人生って、こうなるかなと思っていても、結局は別のことになっちゃうみたいね。男から男へというのは、もう嫌になっちゃった。

ジェレミー　人生って、一か八か、思い切ってやってみなくちゃならんらしいな。誰だって、思い切ってやってみなくちゃならないんだ。どうなるか、なんて誰にも分かりゃしないよ。なあ……思い切って、おれとやってみろよ、時が経ってどうなるか、やってみようぜ。おれがあんたの所に、会いに行くのはどうかな。どこにいるの？

マティ　部屋はベッドフォードよ。あたしとジャックでいっしょにいたの。

ジェレミー　番地は？　今晩迎えに行くよ、いっしょにシーファスに行こうぜ。おれ、そこに行って、ギターを弾くんだ。

マティ　ギター弾くの？

ジェレミー　生まれながらのギター弾き、みたいに弾くんだぜ。

マティ　あたし、ベッドフォード通り一七二七に住んでるの。あんたが、ほんとに言った通り弾けるか、聞いてみようかな。[*8]

ジェレミー　弾けるよ、シュガー、それだけじゃないぞ。おれはさ、十ポンドのハンマーがついてて、どうやってぶち込むか、心得てるんだぜ。もう、まったく……あんた、おれのハンマーがうなるの、聞かなくちゃな。

マティ　ここでそんな話、やめてよ。家に迎えに来てくれるなら、あたし帰って、あんたのために片づけないと。

ジェレミー　八時に行く。八時でどう？　ジャック・カーパーなんて、すっかり忘れさせてやるぜ。

マティ　もう、やめてってば。家に帰って、あんたのために片づけないとね。

ジェレミー　八時にな、シュガー。

パーラーの照明が落ちて、外の庭に照明が入る。ゾニアは歌いながらゲームをしている。

ゾニア　町まで出かけたよ
旅行カバンを　取りにね
家まで　戻れたよ
ただ小舟　漕いだだけで

二階に上がったよ
ベッドきちんと　直しにね
あらら　やっちゃった
どしんと頭　ぶつけちゃった
ただ小舟　漕いだだけで

階下《した》に降りたよ
かあさん牛の　ミルク搾りに
あらら　やっちゃった
かあさん豚　搾っちゃった
ただ小舟　漕いだだけで

あした《トゥモロー》　あした《トゥモロー》
あしたは《トゥモロー》　ぜったい《ネヴァー》やって来ない《カムズ》
骨の髄《ザ・マロー》　骨の髄《ザ・マロー》
骨の中の髄《ザ・マロー・イン・ザ・ボーン》*9

ルーベンが登場。

ルーベン　ハーイ。
ゾニア　ハーイ。
ルーベン　名前は？
ゾニア　ゾニア。
ルーベン　それって、どういう名前だよ？
ゾニア　パパがつけてくれた名前よ。
ルーベン　おれ、ルーベン。セスさんの家にいるの？
ゾニア　そう。
ルーベン　今朝いっしょにいた人、君のパパ？
ゾニア　さあね。いっしょにいたのは、どんな人？

ルーベン　君が、すごくでっかい、古いオーバーを着た男の人と、いっしょにいるの見たよ。セスさんの家のほうへ行こうとしてた。その人、帽子もかぶってたな。
ゾニア　うん、それ、あたしのパパだよ。
ルーベン　セスさん、好き？
ゾニア　あんまり知らない。
ルーベン　おじいちゃんが言ってた。あの人、すごいホラ吹きだって。なんでセスさんの家に住んでるんだよ？　家がないのか？
ゾニア　あたしたち、ママを捜してるんだよ。
ルーベン　どこにいるんだい？
ゾニア　知らない。見つけなくちゃなの。あっちこっち行ったよ。
ルーベン　なんで見つけないといけないんだ？　ママはどうしたんだよ？
ゾニア　逃げ出したの。
ルーベン　なんで逃げ出すのさ？
ゾニア　知らない。パパが言うにはね、ジョー・ターナーとかいう人が、昔パパにひどいことしたんだって。それでママは逃げ出したんだって。
ルーベン　ママはたぶん帰って来る、そしたら捜さなくてすむよ。
ゾニア　あたしたち、もうそこにいないもん。
ルーベン　きみたちがいない時に、帰って来てたかもな。

ゾニア　パパが言ってたよ、ママはあたしたちを置いて、逃げた、だからママを捜すんだって。
ルーベン　見つかったら、パパはどうするのかな？
ゾニア　聞いてない。パパは、ママを捜さなくちゃって言っただけ。
ルーベン　パパは、どれぐらいセスさんの家にいるって言ってた？
ゾニア　あんまり聞いてない。でも、あたしたち、どんな場所でもそんなに長くいたことがないな。ママが見つかるまで、どんどん先に行かなくちゃって、パパが言うんだよ。
ルーベン　ここらは、子どもが住んでないんだよ。友だちがいたんだけど、死んじゃってさ。今までで最高の友だちだった。おれとユージーンで、秘密をもってたんだよ。おれ、まだユージーンの鳩を飼ってるんだ。死んだら放してくれって、頼まれたんだけどさ。ユージーンは、「ルーベン、約束だよ、おれが死んだら、鳩を放してくれ」って言った。でもおれ、ユージーンを忘れないように飼ってるんだ。ぜったいに放さないよ。おれが大きくなってもな。ずっとユージーンの鳩を、飼ってるつもりだよ。（間）バイナムさんは呪術師なんだぞ。おじいちゃんはあの人のこと、怖がってるよ。おれに、このあたりにあんまり来て欲しくないんだよ。おれだって、あの人が怖いさ。おじいちゃんが言ったよ、手を伸ばせば、触れちゃうところまで、あの人を近寄らせちゃダメだって。
ゾニア　あたしには怖く見えないけど。
ルーベン　あの人、おれから鳩を買うんだ……朝早く起きたら、あの人が庭に出て、鳩に何かしてるのが見れるよ。おじいちゃんは、あの人、鳩を殺してる、って言ってる。きのう、あの人に一羽売った。それをどうするか、知らないよ。いいんだ、おれを怖がらせなきゃな。

ゾニア　あの人が怖いなら、どうして鳩を売るの？

ルーベン　ユージーンがやってた通りにしてるんだよ。ユージーンはバイナムさんに鳩を売ってたんだ。ユージーンはバイナムさんに売るために、鳩を集めるようになったんだよ。バイナムさんは、五セントくれる時もあるし、まるまる十セントくれる時もある。

ルーミスが家から登場。

ルーミス　ゾニア！

ゾニア　はい、何？

ルーミス　何してるんだ？

ゾニア　なんにも。

ルーミス　おまえはこの家のそばにいるんだ、分かったね？　ふらふらどこかに行っちゃだめだよ。

ゾニア　どこかに行ったりしないよ。

ルーミス　バーサさんがタライに湯を用意してくれたから、ごしごし洗うんだ。しっかり、ごしごし洗うんだよ。ちゃんとこすってなかったんだから。

ゾニア　ちゃんとこすってたもん。

ルーミス　見てごらん。おまえは、急いで大きくなりすぎだよ。おまえの骨が、毎日どんどん大きくなっていく。手に余るほど、大きくならないでくれ。あんまり急いで、大人になるんじゃないよ。ふたりで、ママを見つけるんだからね。ママは、どこかこの近くにいるな。ママの匂いがする。さあ、この家のそばにいなさい。どこにも行くんじゃないよ。

ゾニア　はい、パパ。

ルーミスは家へ退場。

ルーベン　ワォ、おまえのパパ、怖えぇ！

ゾニア　そんなことないよ！　何言ってるの。

ルーベン　パパは、あさましい目つきしてるな。

ゾニア　あたしのパパ、あさましい目つきなんかじゃない！

ルーベン　バーカ、おい、ちょっといじめただけじゃないか。ユージーンの鳩、見に来る？　おれの家の裏にでっかい小屋があるんだ。さあ、見せてやるよ。

ルーベンとゾニアが退場するにつれて、場面の照明が落ちる。

一幕二場

一週間後、土曜日の朝。台所に照明が当たる。バーサはコンロで朝食の準備をしている。セスはテーブルについている。

セス　やつはどこか変だ。今週ずっと注意して見てきたんだ。いいか、どこか変だぞ。

バーサ　セス・ホーリー、あの人のこと、今朝はそっとしておいてあげられないの？

セス　やつがみんなをじろじろ見る、あの目つきがいやなんだ。自然に見るっていうんじゃないんだぞ。ただ、じろじろ見てるんだ。相手の何かを探りだそうとしてるみたいにな。やつがここに戻って来た時の様子、見たかよ？

バーサ　あの人、あんたのことなんか気にしてないのよ。

セス　やつはどこでも働いてない。ただ出て行ったり、帰って来たり。出て行ったり、帰って来たりだ。

バーサ　下宿代が入っていれば、あの人が何してたって、あんたがとやかく言うことじゃないでしょ。誰の迷惑にもなってないわ。

セス　ただ出て行ったり、帰って来たり。マーサのことを、ひとり残らずみんなに聞いて回ってる。ヘンリー・アレンだってな、ゆうべ教会で、やつを見てるんだ。

バーサ　行きたければ、教会に行ったたって文句ないでしょ。あの人、執事だったたって言うんだからね。あの人が教会に行って、悪いことはないじゃない。
セス　やつが教会に行くことで、とやかく言ってるんじゃない。おれは、やつが教会の外で、うろついてるって、言ってるんだ。
バーサ　ヘンリー・アレンがそう言ってたの？
セス　教会の外で、やつがぼんやり立ってたんだってよ。まるで見張ってるみたいにな。
バーサ　いったいなんのために、教会の外に立ってようと思ったんだろうね？
セス　それを、おれが考えてるんじゃないか。盗みに入るつもり、かもしれんな。
バーサ　ねえ、セス、あの人が教会に盗みに入るような人に見える？
セス　そんなこと言ってるんじゃない。やつがどう見えるか、なんて言ってやしないぞ。やつがどうするか、が問題なんだ。おれが知る限りじゃな、誰が、どんなことしたって、おかしくないんだ。おれは教会泥棒がどんなふうに見えるか、なんて考えたこともありゃしない……だがな、おまえが言い出したから言うけどよ、教会泥棒とやつは、見た目じゃ、違いはないな。
バーサ　ヘラルド・ルーミスは、教会に盗みに入るような人じゃないわ。
セス　その名前にしたって、本当かどうか分かったもんじゃない。
バーサ　どうして自分の名前で嘘つくわけ？
セス　自分の名前ぐらい、誰だって、誰に向かってだって、どんなふうにだって言えるさ。ヘラルド・ルーミスって……おまえがそう呼んでるだけだ。やつがどんな名前だか、分かりゃしないよ。

バーサ　じゃあ、あの人が別の名前を言い出すまで、そう呼んでおくね。あんた、あの人のことは、なんでもないことから、全部でっち上げてるんだよ。

セス　ルーミスって言えばな、マーサの名前はルーミスなんかじゃない。マーサの名前はペンテコストだ。

バーサ　なんでその名前が正しいって言えるの？　もしかしたら彼女、名前を変えたのかもしれないよ。

セス　マーサはりっぱなキリスト教徒だよ。ところがこっちの野郎は、悪魔に一日分の仕事してもらった借りがあって、どうやって返そうか考えてるみたいだ。マーサはここに住んでる間ずっと、これっぽっちも不審なところがなかったよ。教会がランキンに移って、マーサもついて行ったのが、おれ残念だったな。

バーサ　だからあの人は、教会のまわりにいるんじゃないの。彼女を捜してるのよ。

セス　捜してるなら、なんで中に入って訊かないんだ？　教会の外でこそこそとうろつき回って、何してるんだよ？

バイナムが庭から登場。

バイナム　おはよう、セス。おはよう、シスター・バーサ。

バイナムは台所を通って、二階へと退場。

バーサ　知りたいことがあるなら、バイナムに訊けばいいじゃないの。バイナムは今朝、ずっと庭に出ていたわ。日の出前から外にいた。朝ごはんにも入って来なかったわ。何をしてるのか知らないけどね。鳩を三羽、庭に並べてた。疲れるまでそのまわりで踊ってね。しばらく座って、それから立ち上がって、もう少し踊った。さっきここを通ったけど、バイナム、世の中に腹を立ててるみたいだったわね。

セス　おれはバイナムのことは、放っとくんだ。あんなまじないやってたって、あいつなんか怖かないさ。

バーサ　そのことで、マーサがここに住むようになったのよね。バイナムに会いに来たんだった。彼女は、初めて南部を離れた時に、バイナムに会いに来たのよね。

セス　マーサはバイナムより前からここに住んでいたぞ。ここに来たのは、初めて南部を離れた時じゃない。小さい娘を呼びに南部に戻ったあとで、来たんだ。彼女がここに来たのは、その時だ。

バーサ　じゃあ、バイナムはどこにいたの？　彼女が来た時、バイナムはもうここにいたわ。

セス　バイナムが来たのは、彼女のあとだ。あの男、ハイラムが、バイナムの部屋にいたのさ。

バーサ　じゃあ、バイナムはここに、どれぐらいいるわけ？

セス　長くて三年だ。それだよ、おれが言おうとしてるのは。その部屋にマーサがいて、ゴールドブラム先生のために裁縫や掃除をしてた、そこへバイナムが来たんだよ。あいつが一箇所に、これほど長くいたことはないんだ。

バーサ　バイリムが一箇所にどれぐらいいたかなんて、どうしてあんたに分かるの？

セス　バイナムのことなら、おれは分かってるさ。バイナムは、おれには謎なんかじゃない。あいつみたいなニガーは、うんざりするほど見てきた。一箇所にじっとしていられないってやつだよ。あいつは国中ほっつき歩いて、年を取って、とうとうここに尻を据えたんだ。バイナムがほかのやつらと違うのはただ一つ、あいつは、オッカナビックリのまじない一式を持ち歩いてることさ。

バーサ　あたしはやっぱり、マーサが来た時バイナムはここにいたって思うけどね。そのために……バイナムに会うために、彼女は来たんだもの。

セス　勝手に言えばいいさ。おれは、事の真相を知ってるんだからな。彼女は四年前にここに来た、小さい娘が見つからなくて、すっかりしょげていた。で、バイナムの姿はどこにもなかったぞ。あいつが来てから、彼女もいっしょになってあのくだらんオッカナビックリと、かかわるようになったんだ。

バーサ　じゃあね、もしマーサがバイナムより前に来たなら、彼女がどの部屋にいたのか、分からなくなる。だって、彼女はハイラムの部屋にいたんだから。ハイラムはバイナムと馬が合わなくて、ここを出たのよ。あんたに二ドル借りたままでね。そのことなら、きっとあんたも覚えてるでしょ！

セス　たしかに！　そうだ、ハイラムはまだあの二ドル返してないぞ。だからローガン通りでおれを見ると、逃げたり、隠れたりするんだ。おまえの言う通りだ。たしかにマーサは、バイナムのあとに来たんだ。ハイラムが出て行った理由を忘れてたよ。

バーサ　ハイラムとバイナムはまるで意見が合わなかったね。いつも相手の神経を、逆なでしてた。ハイラムは、バイナムがひどい目に遭わせようとしてるって思い始めて、引っ越したのよね。マーサがバイナムに会いに来て、ハイラムの部屋を借りることになったんだ。やっと話の筋が通ったわ。彼女は教会が移るまで、ここに三年いたんだね。

セス　マーサは今、ランキンにいるよ。どこにいるか、おれ、知ってるんだ。どこに教会を移したか、分かってるんだからな。彼女は、ランキンのちょうど、昔、靴屋だった場所にいるんだよ。ウルフの靴屋だった所だ。靴屋がもっと広い所へ引っ越して、そのあとに教会が移ったんだよな。おれは、彼女がどこにいるか知ってるさ。どこにいるか、はっきり知ってるんだ。

バーサ　あの人に教えてあげればいいじゃない。彼女を捜してるんだから。

セス　マーサの居場所はな、あの野郎なんかに、教えてやるもんか！　なんだっておれが、そんなことするんだよ？　おれはやつのことは、なんにも知らないんだ。なぜ捜してるのかも分からない。彼女に危害を加えるかもしれないんだぞ。おれはそんな責任負うつもりはないね。やつが捜してるなら、自分で捜すしかない。手伝ってなんかやるもんか。そうだな、もしやつが紳士らしく――つまり、マーサ・ペンテコストの旦那にふさわしい様子で――姿を現してたら、そうしたら、おれも教えてやっただろうよ。だがな、狂った目をした、あさましい顔つきの、このニガー野郎には、なんにも教えてやるつもりはないね。

バーサ　それじゃあ、あんたがセーリグの荷馬車に乗せてもらって、そこまで行って、マーサにあの人の居場所を教えてあげたらいいじゃない。あの人に会いたがるかどうか、やってみればいいよ。あの子がマーサの小さい娘かどうか……あんた、言ってたじゃない、マーサが娘を捜してるって。

セス　バーサ、おれのことは、分かってるはずだぞ。他人のことには巻き込まれたかないね。

バイナムが階段から登場。

バイナム　おはよう、セス。おはよう、バーサ。まだ朝めし、出してもらえるかな？　ルーミスさんは今朝、ここに降りてきたかね？

セス　やつは出て行って、帰って来た。今、二階だよ。今朝早く、例のオーバー着てここから出て行った。この暑いのに、あの野郎は古ぼけた、でかい、厚ぼったいオーバー着て、歩き回ろうっていうんだ。ここに帰って来て、部屋代をもう一週間分払って、そこに座ってセーリグを待ってた。待ちくたびれて二階に戻ったんだよ。

バイナム　女の子はどこかね？

セス　表だよ。あの子とルーベンを、玄関のポーチから追い払わなくちゃならなかった。どこかそこらにいるよ。

バイナム　もしもマーサがこの近くにいるなら、あの人、今ごろはもう見つけているはずだよな。マーサはこの町には、いないんじゃないかって気がするな。

セス　いないだと！　おれは彼女の居場所を知ってるぞ。居場所をはっきり知ってるんだ。でもよ、やつには、教えてやらないんだ。あんな見てくれのやつじゃな。

バーサ　バイナム、さあ、コーヒーよ。

バイナム　あの人は、セーリグに頼んで彼女を捜してもらう、って言ってたよ。

セス　セーリグなんかに、見つからないね。セーリグはいろいろ言ってるけどな……たまたま運よくマーサのドアを叩くってことでもなきゃ、見つかりっこない。セーリグはそんなやり方でしか、人を見つけられないんだから。運がよくなきゃ、無理なのさ。だがな、おれは、彼女の居場所をはっきり知ってるんだ。

バーサ　さあ、ビスケットよ、バイナム。

バイナム　シスター・バーサ、ほかに何がある？　そこにトウモロコシ粥《グリッツ》と肉汁ソース《グレイビー》はあるかね？　今朝はそういうものも食べられそうだよ。

バーサ　（ボウルをテーブルに置いて）さあ、セス、マットレスを裏返すのを手伝ってよ。ほらほら。

セス　バイナム、あの男はどこか変だ。やつがみんなをじろじろ見る目つきが、気に入らんね。

バイナム　ルーミスさんは大丈夫だ、セス。ただ気がかりなことで、頭がいっぱいなんだな。自分の気持ちに正直な人だよ。それだけさ。

セス　誰だっけな、このあたりにいたやつ？　モーゼス、そうだ、モーゼス・ハウザーだ。やつは気が狂って、ブレイディー・ストリート橋から身投げしたよな。やつを見た時、おれ、言っただろ、どこか変だって。いいか、こいつも変だって、今のうちに言っとくからな。

ドアにノックの音。セスが出る。ラザフォード・セーリグが登場。

セス　やあやあ！　入りなさいよ、セーリグ。

バイナム　「人捜し屋」本人じゃないか。

セーリグ　バイナム、最初に断っておくけど……輝く男はまだ見つけてないよ。

バイナム　誰がそんな話したね？　おれはそのことは、なんにも言ってないよ。ただおまえさんを、第一級の「人捜し屋」って呼んだだけだ。

セーリグ　セス、あの金属板で、いくつチリ取りができた？

セス　あんた、入ってくる時、そばを通ったんだよ。ポーチに置いてあるんだから。二十八個だ。一枚あたり四個取れて、あと一枚は、バーサのコーヒーポットを作った。ちょっと小さめだけど、でもりっぱな柄がついてるよ。

セーリグ　一個、二十セントだったよな？　それで話がついてたな。

セス　それで五ドル六十セント。二十掛ける二十八だ。板、何枚持ってきた？

セーリグ　そこに八枚ある。それが一ドル二十で、いくらの借りになるかな……

セス　四ドル四十セント。

セーリグ　（支払いながら）さあ、もっとチリ取りを作ってくれ。作っただけ売れるから。

ルーミスが階段から登場。

ルーミス　あんたを待ってた。あんたが人を捜すって聞いたんだ。
バイナム　このルーミスさんは、奥さんを捜して欲しいんだよ。
ルーミス　あんたが人を捜すって聞いたんだ。おれの妻を捜してくれ。
セーリグ　さて、ええと……人を捜す、ということだね？

セーリグはポケットを全部探る。彼は何冊かノートを持っていて、目当てのものを探している。

セーリグ　さてと……名前は？
ルーミス　マーサ・ルーミス。おれの妻だ。書類も揃えて、正式に結婚してる。
セーリグ　（書きながら）マーサ……ルーミス。身長は？
ルーミス　地面から五フィート。
セーリグ　身長……五フィート。若い？　年取ってる？
ルーミス　若い女だ。きれいな長い髪をしてる。
セーリグ　若い……きれいな……長い……髪。最後に見たのはどこ？
ルーミス　テネシー州。メンフィスのそば。
セーリグ　いつのこと？
ルーミス　一九〇一年だ。

セーリグ　一九〇〇……と一年。ちょっと、あんた、聞きなさいよ……そりゃ、無しにしたほうがいいな。いいかね……こういう女のことなら、このラザフォード・セーリグが少しばかり教えてやれるからさ。自分じゃ出会ったことはないが、分かるんだ。いいかね、あそこに馬のサリーがいるよな。男が必要なものはあれだけだ、いい馬だけなんだよ。おれが、ハイヤーッって言えば進む。ドウドウって言えば止まる。オート麦を食わせてやれば、どこでもおれの行きたい所に乗せて行ってくれる。飼い始めてから、この馬で手を焼いたことは、これっぽっちもない。いいかね、おれは結婚してた。ずっと昔、ケンタッキーでな。ある朝起きると、かみさんの顔の、ある表情に気がついたんだ。かみさんが心の底で、おれが死ねばいい、って思っているような表情だったよ。その朝、おれが歩き回りながら、かみさんに目をやると、いつもその表情が浮かんでたんだ。かみさんのほうも、おれが気づいてるって承知してるようだったな。かみさんを見るたびに、おれはどんどん、どんどん縮み上がったよ。さて、おれだってずっとそこにいて、ただ縮んでいくつもりはなかったさ。ポーチに出て、ドアを閉めてやった。おれがドアを閉めるとな、あいつ、鍵を掛けやがったんだぜ。おれは外に出て、馬を買ったよ。それ以来、馬なしでいたことはないぞ！　マーサ・ルーミス、だったね？　さてな、できるかぎりのことはするよ。はいよ、一ドルだ。

ルーミス　（疑わしげに一ドルを差し出しながら）どうやって見つけるんだ？

セーリグ　さてな、あんたが思っているほど、簡単なことじゃないんだよ。ただ外に出て行って、見つけるなんてもんじゃない。ちょっとしたこつが、いろいろとあるんだよな。あんたら黒ん坊は、すごく動き回るから、それについて行くだけだって容易なことじゃない。いいかね、あんたが捜している女……そのマーサ・ルーミスにしたってだ。どこにいたって、おかしくないんだよ。おれが彼女を見つけたって、見張ってないと、彼女、どっか別の所に行っちまうかもしれないんだ。彼女、ここにいるぞ、って思っていても、もうあっちにいるかもしれない。だがね、言ったように、それについては、ちょっとしたこつが、いろいろとあるんだよな。

ルーミス　あんた、妻を見つけるって言うんだね。

セーリグ　何も約束できないね。だが、おれの家はずっと長い間、「捜し屋」だったんだ。「運び屋」で、また「捜し屋」だ。おれのひいじいさんは、黒ん坊を船に乗せ、海を渡って運んで来たのさ。これも簡単な仕事じゃなかったよ。時には風があんまり強く吹いて、神様の手が断固として航海の邪魔をしているんじゃないか、と思ったほどだ。だけど、報酬がたっぷりあった。それでひいじいさんはこの新しい国に落ち着いて、かみさんを見つけた、子どもなんかを大事にする、キリスト教徒の深い思いやりをもつ女だ……だから、おれ、ラザフォード・セーリグがこうしているんだけどさ。ほら、あんたは名人に頼んだんだよ。おれとおやじは、大勢の黒ん坊を見つけた。おやじは——神よ、おやじの霊を休ませたまえ——昔プランテーションの旦那たちのために、逃亡奴隷を捜してたんだ。そのことじゃ、最高の腕前だったよ。ジョナス・B・セーリグ。おやじの評判は、ずっと国中に広まってたな。アブラハム・リンカーンが、あんたら黒ん坊全員に、自由の身分証を出すと、あっちこっちであんたら、互いに捜し合いを始めた……そこで、おれたち、黒ん坊のために黒ん坊を捜すことにしたんだよ。もちろん、稼ぎは前ほどよくない。だがな、人捜しの仕事も、そんなに悪くないさ。

ルーミス　（彼に一ドルを手渡す）見つけてくれ。マーサ・ルーミスだ。おれのために彼女を見つけてくれ。

セーリグ　言ったように、何も約束できない。おれは川上に行くところだが、そのあたりにその人がいれば、見つけてやるよ。だが、何も約束はできないね。

ルーミス　いつ戻る？

セーリグ　土曜に戻る。土曜日にはセスの所に、おれの注文した品を取りに来るんだ。

バイナム　へえ、川上に行くのかね？　おれのなじみの場所に行くんだな。昔はよく、あのあたりをぐるっと歩いたもんだ。ブロウノックス……クレアトン。ランキンまで行って、最初の右手の道を進んだもんだっけ。そこらを歩き回って、靴を何足も履きつぶしたよ。おれがあの一帯を歩いている様子を見れば、福音を広めている伝道師だって思ったかもしれないな。

セーリグ　じゃあな、バイナム。土曜日に。

セス　ほら、見送るよ。チリ取りを持ってやろう。

セスとセーリグは裏口から退場。バーサがシーツの束を抱えて、二階から降りてくる。

バイナム　ヘラルド・ルーミスは、「人捜し屋」にマーサを捜してもらうんだよ。

バーサ　あの人が「人捜し屋」ね、そう呼びたいなら、呼べばいい。あたしはラザフォード・セーリグが、人を連れ出してるってことも、知ってるんだからね。ここから、集団を一つそっくり連れ出したんだよ。その人たちは、セーリグの都合に合わせて出発計画を立ててさ、彼の準備ができるまで待って、荷馬車に乗せてもらったんだ。セーリグときたら、そうしておいて、自分がその人たちをどこに連れて行ったかを、一ドル取ってみんなに教えてるんだよ。いい、これがラザフォード・セーリグの正体よ。昔からあるこの「人捜し屋」の商売なんて、とんでもないイカサマだね。セーリグは、自分で連れ出した人以外は、一人も見つけたためしがないんだから。ヘラルド・ルーミス、あんたはたった今、一ドル無駄にしたところだね。

バーサが寝室に退場。

ルーミス　あの人は、妻を見つけるって言った。土曜までに見つけるって言った。おれは土曜まで待つんだ。

溶暗。

一幕三場

翌日、日曜日の朝。台所に照明が入る。セスは座ってバイナムに話しかけている。朝食の食器は片づいている。

セス　やつら、それが分からないんだな。誰ひとり分からない。いいか、それぐらいのこと分かるのに、どれだけ知能が要るかね？　数さえ数えられりゃいいんだよ。一人が鍋を十個作ると、五人で五十個。ところが、やつら、こんなことも分からない。どこでその五人を見つけるのか、とくる。クソッ、おれはどんなやつにも鍋の作り方を教えられるさ。あんたにだって教えてやれるよ。外の小屋に連れて行って、今すぐにでも始められるさ。二週間もしないで、あんたは鍋が作れるようになる。やりたい、って気持ちさえあれば十分なんだ。おれなら五人見つけられるぞ。五人見つけるぐらい、へっちゃらだ。

バーサ　（寝室から呼ぶ）さあさあ、セス、支度してよ。あんたがそこに座り込んでしゃべってるからって、ゲイツ牧師さんは、お説教を待ってくれないよ。

セス　いいか、ジェレミーのことだってさ、あの道路ができたら、あいつ、どうするんだ？　どこかでまた道路を作るしかないだろ。いいか、もしおれに鍋やフライパンの作り方を教えさせれば……そうすりゃ、あいつは誰からも奪われないものを身につけることになる。しばらくすると、自分の道具を手に入れて、どこかに行って自分で鍋やフライパンを作れるな。誰かそれを売ってくれる人を見つけてさ。いいか、セーリグには鍋やフライパンは作れない。売ることはできたって、作れないいんだよな。おれの所に、道具を持った男が五人いてみろ、セーリグにたくさん鍋やフライパンを作ってやるだろうな。そこで、セーリグはどこかに店を構えなくちゃならん、ってことになるんだ。だけどよ、やつら、それが分からないんだ。ミスター・コーエンにしたって、サム・グリーンにしたってよ。

バーサ　（寝室から呼ぶ）セス……時間がもったいないわ。支度にかかったほうがいいよ。

セス　うるさい、わかってる！（バイナムに）やつらの狙いはな、おれが五百ドル借金して、そのカタに、書類にこの家を譲るサインをすることさ。おれだってそこまでマヌケじゃない。おれには、この家しかないんだよ。書類にサインすりゃ、スッカラカンになっちまう。

ジェレミーが一ドル札をひらひらさせて、ギターを持って登場。

ジェレミー　ほら、バイナムさん……ゆうべシーファスでさ、また一ドル稼いだぜ！　おれとあのマティ・キャンベルでまた出かけて、おれ、コンテストで弾いたんだ。あそこはギター弾けるやつなんて、いないいね。コンテストなんてもんも、ありゃしない。えーと、セスさん、おれ、マティ・キャンベルに、ここに来ていっしょに日曜日のごちそう食べないか、って誘ったんだ。フライドチキン食おうって。

セス　それなら、二十五セントだ。

ジェレミー　いいよ。ここに一ドルそっくりある。えーと、セスさん……ゆうべおれとマティで話し合ってさ、彼女がおれの所へ引っ越すことにしたんだ。もしかまわなければなんだけどさ。

セス　あんたらのことに、口出しはしないよ……だが、彼女のまかないに、週一ドル払ってもらうよ。ただで食べさせておくわけにはいかんからな。

ジェレミー　うん、セスさん、それは彼女も承知してる。話しといたよ、自分の食費は払うんだって。

セス　そこに一ドルあるって言ったよな……そこから二十五セント出しなよ。

ジェレミー　彼女が今日引っ越して来るとすると、あと七十五セントだよな、じゃ彼女がここに来るまで、おれがその分、一ドル渡しとくよ。

セスは金をポケットに入れ、寝室に退場。

バイナム　じゃあ、あんたとマティ・キャンベルで、いっしょにやり始めるのかね。

ジェレミー　バイナムさん、おれ彼女に言ったんだよ、ひとりぼっちでいることはないよって。おれたちが二人とも、ひとりでいたってしょうがない。だから彼女、おれの所に引っ越して来るんだ。

バイナム　人間はな、時には、いるべき場所にたどりつくことがある。時には、人生こんがらがって、間違った場所に来てしまうこともあるんだよな。

ジェレミー　バイナムさん、おれもその通りのことを、彼女に言ったんだよ。こんがらがって、ひとりぼっちでいたって、意味ないよって。ここに来て、おれといっしょにいるほうがいいって。それに彼女、いい女だぜ。脚が長くてさ。男の扱い方も心得てる。男が望むように、扱ってくれるんだよな。

バイナム　だめだよ、そんなものの見方してちゃ。全体を見ないと、だめだ。いいかね、男が外に出て行ったとしてみよう。女をつかまえる、触ると女はやさしくて、柔らかい、だから、たいしたものを手に入れたぞ、と思う。いいさ。触ることは、人生の一部だ。ほかのいろんなものと同じに、この世の習いだ。触ることはすてきだよ。いい気持ちだ。だがね、馬や猫を手で撫でたって、いい気持ちさ。違いは、どこだ？　女をつかまえた時はな、たいしたものを手に入れたんだ。そのくな、全世界を手に入れたことなんだよ。おまえの掌の下では、生き生きとした命が息づいているんだ。その女はおまえに、いっぱしの男だって思わせてくれるんだよな。おれは、ただいっしょにベッドに飛び込んで、ふたりで転げ回ることを言ってるんじゃないぞ。そんなの誰だってできる。その女をつかまえて、全体を眺めて、自分がどんなものを手に入れたのか、よく見ると……なんと、彼女は、おまえをいっぱしの男に作り上げることができるんだよな。おまえのおふくろさんは、女だ。女がどんなものか分かるには、もうそれだけで十分さ。女にどんなことができるのか分かるには、十分なんだ。おふくろさんは、おまえを一丁前にしてくれた。おふくろさんは、おまえに教えてくれたんだよ、人と話し合うこと、それに、身の回りのことのやり方、自分がどこにいて、明日はどっちに向かうか知る方法、この先どうやって食っていくかに気を配っていく方法、ひとりぼっちになったらどうしたらいいか、そんなこと全部だよ。おふくろさんのしたことは、どえらいことなんだぞ。だのに、いっしょにベッドに飛び込むことばっかり考えて女を見てちゃだめなんだよ。そんなふうに女をしっかり見ないのは、バカげたことだぞ。

ジェレミー　おれ、彼女のことを、しっかり見てるよ、バイナムさん。彼女みたいな脚の女を、しっかり見ないなんて、できっこないさ。

バイナム　そうか、よし。こんな話をしてやろうか。いいかね、船に乗ってるとしよう。水の上を旅しているんだ。おまえは、船に乗って、行ったり来たりしている。すると、なんか陸地が目に入る。ちょうど通りを歩いて行く女が目に入るみたいにな。眺めたところ、陸地は水平線の上の一本の線ぐらいにしか見えない。最初は、そんなふうにしか見えないんだ。おまえの行く手とぶつかる、水平線の上の一本の線だ。いいかね、賢い人間ならそんな陸地が目に入ると、ただの線が延びているんじゃないって分かる。その人は分かっているんだよ、よく見ようと上陸すれば……なんと、まさにそこには、全世界があるんだって。太陽の下で考えつく限りの、ありとあらゆるものがそなわった全世界だよ。思いつくものはなんでも、その陸地で見つかるんだ。同じことが女にだって言えるんだよ。女っていうのはな、男が必要なもの、すべてなんだ。賢い男にとって、女とは、水と木の実だよ。[*10] 男が必要なものは、それだけなんだ。男が生きていくのに必要なものは、それだけだ。水と木の実をくれれば、ほかに何もなくたって、おれは百年生きられるさ。分かるかね、おまえはちょうど船から水平線を見ている男と、同じなんだよ。おまえが見ているのは、ほんの一部分だ。だがな、おまえが女の見方をちゃんと覚えて、女のわずかな髪の房や、頬の丸みの中に……そんなものの中に、人生が与えてくれるはずのものを、一つ残らず見られるようになったら、それは天の恵みだよ。それが見られたら、天の恵みだ。それが見られたら、おまえはりっぱにやって、おふくろさんの自慢の種になれた、ってことなんだ。だがな、それは、おまえが、自分で学ばにゃならんことさ。おれが教えたって、なんの意味もないだろう。おまえは学ばなきゃいかんのさ、どうやって女といっしょに、自分が生きるはずの時と場所にたどり着くか、ってことをな。

ジェレミー　バイナムさん、あんたの女は、どうなってる？　女がいたってことぐらい、知ってるよ。

バイナム　ああ、それは思い出の中だよ。いっしょに暮らしたどんな女より長く、そいつは、おれの心に残っているのさ。

ジェレミー　おれ、昔、女がいてさ……

ドアにノックの音。ジェレミーが出る。モリー・カニングハムが登場。二十六歳ぐらいの、「どこに行っても金にちゃっかりした」タイプの女である。*11 小さな厚紙製のスーツケースを持ち、その時代の流行の派手なドレスを着ている。彼女を見て、ジェレミーは口から心臓が飛び出しそうである。

モリー　こちら、お部屋はある？　お部屋、探してるんだけど。

ジェレミー　ああ……セスさんの所、部屋ならあるよ。もちろんさ……セスさんを呼んでくるから待ってて。（呼ぶ）セスさん！　お客さんだよ！（モリーに）うん、この家、何部屋かあるんだ。ちょうどおれの隣にも、一部屋あるしな。それに、ここはいい宿だよ。おれ、ジェレミー。あんたは？

セスが日曜の正装で登場。

セス　やあやあ！

ジェレミー　この女の人はさ、泊まる所を探してるんだ。部屋があるか、だってよ。

モリー　だんなさん、お部屋あります？　部屋があるって、看板に出てたんだけど。

セス　どれぐらい泊まるつもりだね？

モリー　長くはいないわ。腰を落ち着ける我が家みたいなの、探してるんじゃないの。列車に乗り遅れなけりゃ、今ごろシンシナティにいるはずなんだから。

セス　部屋は週、二ドルだ。

モリー　二ドル！

セス　食事も付いてるよ。一日二食出す。朝食と夕食だ。

モリー　三階じゃなければ、いいんだけどな。

セス　そこしかないんだよ。三階の左側だ。一週間ずつ、前払いだよ。

モリー　（胸を探って）一週間分払うわ。あたし、モリー。モリー・カニングハムよ。

セス　おれはセス・ホーリー。家内はバーサだ。家内が料理や家の中の用事をしてる。シーツはベッドの上だよ。タオル持ってなけりゃ、別に週に二十五セント。朝食と夕食付きだ。日曜は、フライドチキンだよ。

モリー　あら、ステキ。じゃ、二ドル二十五セント。えっと、ミスター……？
セス　ホーリー。セス・ホーリーだ。
モリー　あのね、ホーリーさん。言うの、忘れてたんだけど。あたしときどき、連れが欲しいの。ひとりでいるのが嫌いなのよ。
セス　あんたのことに、口出しはしないよ。他人のことには、関わり合いにならないんだ。だがね、ここは、品のいい家だよ。ここでゴタゴタはごめんだ。それから、女が生活のために、部屋に男を連れ込むのも、お断りだ。お互いの事情が飲みこめれば、揉めごとは起きないさ。
モリー　外のトイレはどこ？
セス　ドアを通って、まっすぐ先。
モリー　あたしにも、玄関の鍵、渡してもらえる？
セス　みんな自分の鍵を持ってる。帰りが遅くなったら、大きな音を出したり、騒ぎを起こさないこと。ここじゃ大騒ぎも、喧嘩も禁止だよ。
モリー　ねえ、その心配は要らないわ。えっと、おトイレ、どこだっけ？
セス　ドアを通って、まっすぐ先。

モリーが裏口から退場。ジェレミーは彼女を見ようと、舞台を横切る。

ジェレミー　あのさ、バイナムさん。あんたが話してくれたこと、おれ、今やっと、分かった気がするんだよな。

溶暗。

一幕四場

照明が台所に当たる。同じ日の夜遅く。ルーミス以外の下宿人全員とマティが、テーブルのまわりに座っている。食べ終わったところで、だいたいの食器は片づいている。

モリー　たしかに、すばらしいチキンだったわ。

ジェレミー　言った通りだろ。バーサさん、フライドチキンの腕はほんと、たいしたもんだね。おふくろもフライドチキン作れる、って思ってた。けど、おふくろなんて、バーサさんの足もとにも及ばないな。

セス　そうだろ。だから、あれと結婚したんだ。そのことは、あれは知らないけどな。別の理由で結婚したと思ってるよ。

バーサ　セス、あたし、あんたのことなんか構ってないのよ。マティ、荷物ちゃんと運び込めた?

マティ　あたし、そんなに荷物がないの。あたしの持ってる物は、全部ジェレミーが手伝ってくれたわ。

バーサ　ここの勝手がだんだん分かってくるよ。分からないことがあったら、なんでもあたしに訊いてね。あんたも、モリーもね。あたし、誰とでもうまくやれるのよ。あたしとやってくのは、楽だってすぐに分かるわ。

マティ　洗いもの、手伝おうかしら?

バーサ　あたしにはお手伝いがいるの。そうよね、ゾニア？　役に立つお手伝いさんがいるのよ。
ゾニア　はい、奥さん。
セス　見ろよ、バイナムのやつ、あそこで腹を突き出して座ってるぞ。なんにもしゃべらないな。半分居眠りしながら座ってるんだ。オーイ、バイナム！
バーサ　バイナムが静かにしてるのに、なんで大声でびっくりさせるの？
セス　オーイ、バイナム！
バイナム　なんでそんな大声で呼ぶんだよ？　おれ、なんにもしてないぞ。
セス　さてと、みんなでジューバだぞ。
バイナム　分かってるだろ、おれはジューバならいつだってオーケーだ。
セス　じゃあ、やるか。

セスはハーモニカを取り出して、いくつか音を吹く。

セス　おい、ジェレミー。ギターはどこだ？　ギター持って来いよ。バイナムはもう始められる、って言ってるぞ。
ジェレミー　ジューバにギターは要らないよ。ギターなしでジューバしたことないのかい？

ジェレミーはテーブルをドラムのように叩き始める。

セス　そうじゃないんだ。ギターつきでジューバしたことがないんだよ！　どんな具合か、試してみようと思ってな。

バイナム　（テーブルをドラムのように叩きながら）ギターは要らん。あそこに座ってるモリーを見ろよ。日曜に、おれたちがジューバするのを知らないんだ。今晩、すごいものを見せてやるぞ。あんたにも、マティ・キャンベルにもな。そうだよな、セス？

セス　その通りだ！　おい、バーサ、皿なんて、ちょっとそのままにしとけ。ジューバをするぞ。

バイナム　よしっ。さあ、ジューバだぞ！

ジューバはアフリカ系奴隷のリング・シャウトを思い出させる。それは呼びかけと応答《コール・アンド・レスポンス》の踊りである。バイナムはテーブルに向かって座り、ドラムのように叩く。彼が声をあげて踊りを先導すると、他の人びとは手を叩き、すり足《シャッフル》で、また足を踏み《ストンプ》ならしながら、テーブルのまわりを踊る。踊りは、可能な限りアフリカ的で、踊り手はほとんど狂乱状態になるほど興奮しなくてはならない。ことばは即興でよいが、必ず聖霊への言及がなければならない。踊りの最中にヘラルド・ルーミスが登場。

ルーミス　（激怒して）止めろ！　止めるんだ！

彼らは止まって、振り向いて彼を見る。

ルーミス　おまえらそろって、ここで夜遅くまで、聖霊のことを歌ってるな。聖霊のどこがそんなに神聖なんだよ？　おまえらは、歌って、歌いまくる。聖霊が降りてくる、とでも思ってるのか？　聖霊に降りてほしくて歌ってるのか？　聖霊が何をしてくれるんだよ、えっ？　聖霊が炎の舌で、おまえらの羊毛みたいなちりちり頭を、燃やしに来てくれるのかね？　おまえら、聖霊に縛りつけられて、燃やされるつもりなのか？　それで、おまえらはどうなるんだ？　なんで神が、そんなにでかくなきゃならないんだ？　なんで神は、おれよりでかくなきゃならない？　どれぐらいでかいんだ？　おまえら、どれだけでかけりゃいいんだよ？（ズボンの前を開き始める）
セス　ニガー野郎、このキチガイが！
ルーミス　おまえら、どれだけでかけりゃいいんだよ？
セス　この野郎、もろに狂っちまったぞ！

ルーミスは異言を語り[*12]、台所を踊り回り始める。セスがその後を追いかける。

バーサ　セス、放っておいてね。気がおかしくなってるんだから。
ルーミス（突然立ち止まり）おまえら、みんな、おれのことをなんにも知らないんだ。おれがどんなものを見たのか、知らないんだ。ヘラルド・ルーミスは、あるものを見た、それはとても口じゃ説明できないものだったんだ。

ルーミスは玄関から外へ出ようとするが、押し戻され、彼が見た幻影の恐怖に圧倒されて、崩れるように倒れる。バイナムが這って彼に近づく。

バイナム　ヘラルド・ルーミス、あんたが見たのは、何だね？

ルーミス　おれは、骨が水から立ち上がるのを見た。立ち上がって、水を歩いて渡って行った。骨が水の上を歩いてたんだ。

バイナム　その骨のことを、話してくれ、ヘラルド・ルーミス。あんたが見たものを、話してくれ。

ルーミス　おれは、ある場所にやって来た……全世界よりもっと広い水辺だ。あたりを見渡した……すると、骨が水から立ち上がるのが見えた。立ち上がって、水の上を歩き始めた。

バイナム　それは、まぎれもなく骨そのもので、水の上を歩いていた。

ルーミス　沈むことなく、歩いていた。水の上を歩いていた。

バイナム　一列になって、ただ行進していた。

ルーミス　ものすごい数だ。骨は水から出ると、行進し始めたんだ。

バイナム　それは、まぎれもなく骨そのもので、水の上を歩いていた。

ルーミス　次から、次へと。骨は水から出ると、すぐ歩き始めた。

バイナム　骨は沈むことなく、水の上を歩いていた。ひたすら歩きに歩いていた。それから……何が起きたんだね、ヘラルド・ルーミス？

ルーミス　骨は、ただ歩いて水を渡って行った。
バイナム　何が起きたんだね、ヘラルド・ルーミス？　骨に、何が起きたんだね？
ルーミス　骨は、ただ歩いて水を渡って行った……それから……沈んだ。
バイナム　骨が水の中へ沈んだ。全部沈んだんだ。
ルーミス　全部、いっぺんに！　骨は、全部いっぺんに、水に落ちた！
バイナム　みんな同じように、沈んだんだ。
ルーミス　骨が沈む時、すごい水しぶきが上がった、それで、こんなところまで波が寄せてきた……
バイナム　大波だ、ヘラルド・ルーミス。大波が陸へ寄せてきたぞ。
ルーミス　骨は、波に洗われ、水から陸へ打ち上げられた。ただ……ただ……
バイナム　ただ、もう骨じゃなくなってるんだよ。
ルーミス　骨に、肉がついてるぞ！　ちょうど、あんたやおれみたいに！
バイナム　見渡す限り、波がそいつらを陸に打ち上げている、次々と折り重なるように。
ルーミス　そいつらは、黒いぞ。ちょうど、あんたやおれみたいに！　そっくり同じだ。
バイナム　それから、何が起きたんだ、ヘラルド・ルーミス？
ルーミス　そいつらは、ぴくりとも動かない。ただそこに横たわっているだけだ。
バイナム　あんたは、ただそこに横たわっている。何を待ってるんだね、ヘラルド・ルーミス？
ルーミス　おれはそこに横たわって……待っている。
バイナム　何を待ってるんだ、ヘラルド・ルーミス？

ルーミス　おれは体に、息が吹き込まれるのを、待っているんだ。

バイナム　おまえに、息が吹き込まれているところだよ、ヘラルド・ルーミス。さあ、こんどは、何をするんだ？

ルーミス　風が今、おれの体に、息を吹き込んでいるところだな。感じで分かるんだ。おれは、また息をし始めたぞ。

バイナム　さあ、どうするんだね、ヘラルド・ルーミス？

ルーミス　おれは、立ち上がるつもりだ。立ち上がらないといけない。もうここで横になってはいられないぞ。体の中にすっかり息が入ったんだからな、おれは、もう立ち上がらないと。

バイナム　みんながいっせいに、立ち上がるところだよ。

ルーミス　地面が、揺れ出したぞ。ひどい揺れだ。世界が、真っ二つに割れかかってる。空が裂けようとしてる。おれは立ち上がらないといかん。（立ち上がろうと試みる）おれの脚……脚が、立たない！

バイナム　みんなが立って、道路のほうへ歩いてる。あんたはどうするんだね、ヘラルド・ルーミス？

ルーミス　おれの脚が、立たないんだ！

バイナム　みんなは握手して、互いにさよならを言って、あっちへこっちへ散って、道路を歩いて行くよ。

ルーミス　おれも立ち上がるんだ！

バイナム　みんな今、このあたりを歩いてるところだ。男たちだよ。あんたやおれみたいにな。水から上がってきたばかりなんだ。

ルーミス　立ち上がるんだ！

バイナム　みんな歩いているよ、ヘラルド・ルーミス。みんな今、このあたりを歩いてるところだ。

ルーミス　おれも、立ち上がらないといかん。道路まで行くんだ。

バイナム　さあ、ヘラルド・ルーミス。

ルーミスは立とうとする。

ルーミス　脚が、立たない！　おれの脚が、どうしても立たないんだ！

ルーミスは床に崩れるように倒れ、溶暗。

図８　南部の綿畑では、長い袋を引きずりながら黒人たちが夜明けから日没まで綿摘み作業をした。監督が摘んだ綿を計測する場面。

図９　プランテーションで奴隷を支配するために用いられた手錠とその鍵。メンフィスの The Cotton Museum 所蔵。

図10　W・C・ハンディの「ジョー・ターナー・ブルース」の楽譜の表紙。メンフィスの W.C. Handy House Museum 所蔵。

二幕

二幕一場

台所に照明が当たる。バーサは朝食の支度で忙しくしている。セスはテーブルについている。

セス　やつがどんな問題抱えてたって、知るもんか！　やつを出て行かせるぞ！

バーサ　追い出すなんて、できないわ。小さな女の子を連れてるんだから。そんなことしたら、あの人たち、どこへ行けばいいの？

セス　どこへ行こうと、知ったこっちゃないね。ここに来る前にいた所に戻らせろ。おれが来てくれって、頼んだわけじゃないしな。初めてやつの顔を見た時、どこか変だって、分かってたんだ。小さい娘を連れ回して。森で野宿でもしてるみたいじゃないか。はなから、おかしいと思ってたよ。

バーサ　ちょっと酔っ払うと、誰でもついいろんなこと言ったり、やっちゃったりするんだよね。あの人、たいした迷惑も掛けなかったじゃない。

セス　とにかく、おれの家じゃ、あの手の騒ぎは許さないんだ。やつがここに降りてきたら、言ってやる。出てってくれってな。うちのおやじなら、我慢しないだろうよ。だからおれだって我慢しないんだ。

バーサ　じゃあ、あの人を追い出すなら、バイナムだって追い出さなくちゃならないよ。バイナムはあの人のすぐそばに、ついてたんだからね。

セス　バイナムがいなけりゃ、どんなことが起きてたか分からないんだぞ。じつにうまく話しかけて、あの野郎をおとなしくさせてくれたよな。バイナムがここにいなけりゃ、何が起きたか分かりゃしない。バイナムは、やつに話しかけて、おとなしくさせといただけだよ。あのバカ野郎ときたら、イカれた真似しやがって。だめだ、やつは出て行くんだ。

バーサ　なんて言うつもり？　どうやって出て行けって言うの？

セス　はっきり言ってやる。丁寧に、あっさりとな。お客さん、ここから出て行ってもらうよ！

モリーが階段から登場。

モリー　おはよう。

バーサ　あのベッドでちゃんと眠れた？

モリー　すごく疲れてたから、きっとどこでだって眠れたわ。でも、ほんと、ステキな部屋。ここ、ステキな宿ね。

セス　ゆうべは、悪かったね、あんな騒ぎに巻き込んじまって。

モリー　ぜんぜん平気。前にもああいうのは、見たことあるし。

セス　ここで二度とあんなもの、見ることがないからな。

バイナムが舞台奥で歌っているのが聞こえる。

セス　あんなもの、おれは我慢しないぞ。あの野郎がここに降りてきたら、言ってやるつもりだ。

バイナム　（歌って）

もうすぐ仕事は　全部済んで
もうすぐ仕事は　全部済んで
もうすぐ仕事は　全部済んで
おれは　王様に　お目にかかるんだ

バイナムが登場。

バイナム　おはよう、セス。おはよう、シスター・バーサ。モリー・カニングハムが、朝めしに降りてきているんだな。

セス　バイナム、ゆうべは、ありがとうな。あの野郎に話しかけて、おとなしくさせてくれてさ。あんたがここにいなけりゃ、何が起きたか分かったもんじゃないよ。

バイナム　ルーミスさんは、大丈夫だよ、セス。少し興奮しただけだ。

セス　ふん、やつはどっか別の場所で興奮すればいいさ。ここから出て行くんだからな。

マティが階段から登場。

バイナム　やあ、マティ・キャンベルじゃないか。
マティ　おはようございます。
バーサ　そこに座って、マティ。すぐにビスケットができるからね。コーヒー、熱いわよ。
マティ　ジェレミーはもう出かけたの？
バイナム　ああ、ジェレミーは早くにここを出て行く。日の出には、現場にいないとだめなんだ。働く男はたいてい、日の出には現場にいなくちゃならん。セスは別だけどな。セスは夜、働くのさ。ミスター・オラウスキーは工場が忙しいから、夜勤もさせてるんだ。

ルーミスが階段から登場。

セス　ルーミスさん、いいかね……厄介事はごめんんだ。おれの所は、品のいい下宿屋なんだよ。ゆうべみたいな騒ぎは、お断りだ。ここは長い間ずっと、品のいい下宿屋で通してきたんだからな。あんたには出て行ってもらうよ。
ルーミス　おれの二ドル受け取っただろ。その二ドルで、おれたちは土曜までいられる、ってことになってるんだ。

ルーミスとセスは、互いに睨み合う。

セス　いいだろう。けっこうだ。土曜までいろよ。だがな、次の土曜にはここを出てもらうぞ。

ルーミス　（まだセスを睨みつけながら。ドアの所に行き、呼ぶ）ゾニア。この家のまわりにいるんだよ、聞こえたかい？　どこにも行くんじゃないよ。

ルーミスは玄関から退場。

セス　おれには分かってたんだ、やつを初めて見た時からな。どこか変だって、分かってた。

バーサ　セス、この人たち、朝ごはんを食べてるのよ、邪魔しないで。そんな話、聞きたくないわよ。外に行って鍋やフライパンでも作ったら。あんたが満足してるのは、外の作業小屋にいる時だけね。外に行って鍋やフライパン作って、この人たちを静かにしておいてよ。

セス　おれは誰の邪魔もしてないさ。事実を言ってるだけだ。バイナム、おれが言った通りだよな。

バーサはセスをしーっと裏口へ追い払って、寝室へと退場。

モリー　（バイナムに）あんた、ヴードゥーの人なの？

バイナム　おれには人を結ぶ力があるんだよ、あんたがその手の話をしているならね。

モリー　だと思った。あの人が例の気味悪いこと始めた時の、話しかけ方からしてね。なんだっけ、あんた、人をどうする力があるんだっけ？　あの人があんな振る舞いしたのは、あんたが原因じゃないよね、ねっ？

バイナム　おれは人と人を結ぶんだよ。ときどき、互いが相手を見つけるのも助けるのさ。

モリー　どうやって？

バイナム　歌でな。おやじがやり方を教えてくれたんだ。

モリー　そういうのよく聞くよね。みんな、おやじさんとそっくりなんだね。あたしはぜったい、父さんとなんか、同じになりたくない。父さんは何一つ、うまくいかなかったよ。世の中を作り直そうとしてたんだよね。どこに行っても、その考えにこだわっててさ。あたし、あんなふうになりたくないな。人生あるがままに、受け入れるんだ。作り直そうなんてしないもんね。（間）ねえ、あんたのおやじさんも、同じことしてたの？　人と人をくっつけておいたの？

バイナム　おやじはな、人を癒やしてたんだ。おやじがもってたのは、「癒やす歌」だった。おれのは「結ぶ歌」だよ。

モリー　あたしの母さんは、そういうこと、なんでもかんでも信じてた。母さんなら、病気にかかったら、あんたのおやじさんに会いに行っただろうね。何かを飲ませようってしなければだけどね。母さんは、人がくれたものは、ぜったい飲まなかったよ。誰かが毒を盛ろうとしてる、っていつも怖がってたんだよね。おやじさん、どうやって人を癒やしたの？

バイナム　歌でだ。人に歌いかけて、治したんだよ。おれもやってるのを見たことがある。白人の小さい女の子が病気になった時、その子に歌いかけてやった。病気のことで、みんな大騒ぎだったんだよ。女の子のベッドを庭に運び出して、親類全員に、まわりに立ってもらってた。小さな女の子はそこのベッドで寝てたんだ。まわりに立っている医者たちは、その子を助けるために、何一つできなかった。そこでおやじが、歌を歌うように、って呼ばれたんだよ。おやじの歌はな、ほかの歌と少しも違ってなかった。みんなが歌ってるのと、まったく同じだったよ。ところがだ、おやじのは特別な歌だったから、効き目が現れて、歌の力がこの小さい女の子を捉えて、治したんだよ。

モリー　そりゃ、たいしたもんね。あたしには、そういったことは分からないけどさ。あたしなら、お医者が治せなかったら、試してみるかもね。じゃなきゃ、わざわざそんなことやらないな。うす気味悪いもんね。

バイナム　さてと、失礼して、仕事にかかるよ。

バイナムは立ち上がり、裏口へ向かう。

モリー　あたし、怒らすつもりなんかなかったのよ。なんて名前だっけ……バイナム？　あんたが気分悪くするようなこと、言うつもりじゃなかったんだからね。

バイナムは裏口から退場。

モリー　（マティに）気分害してないといいんだけどな。彼、いい人じゃないの。あたし、誰かの気持ちを傷つける、なんてしたくないよ。
マティ　あたし、ゴールドブラム先生の所に行って、アイロン掛け終わらせなくちゃ。
モリー　いい、それって、あたしが、ぜったいやりたくないことだよ。アイロン掛けなんて、冗談じゃない。それも他人のものなんてさ。きっと母さんは、そのせいで死んだに違いないよ。いつだってアイロン掛けて、働いてさ、他人のために働いてたんだ。モリー・カニングハムはごめんだね。
マティ　あたしにはそれしか仕事がないもの。自分で食べていくには、なんとしてでもやらないとね。
モリー　ジェレミーがあんたの彼氏なんでしょ。彼、働いてないの？
マティ　あたしたち、いっしょにいるだけなの、ジャックが帰って来るかもしれないから、それまでね。
モリー　あたし、男なんか誰一人信用しないんだ。ジャックだろうと、誰だろうとね。男なんて、何するか分かりゃしないもん。男はさ、一人の女を自分に縛りつけて、閉じ込めてしまうまではじっと待っているんだ……それから、別の女を引っかけようと、あたりを物色するんだからね。モリーはそんな男は、相手にしないよ。言わせてもらえば、男なんか、どれでも似たり寄ったり。ためになる男なんて、出会ったことないよ。赤ちゃん、いるの？
マティ　二人いたの、あたしと彼氏のジャック・カーパーの子がね。でも、二人とも死んじゃった。
モリー　それが一番よかったじゃない。こういう男はさ、赤ん坊作っといて、逃げ出して、あんただけに世話を押しつけるんだからね。丘の向こうに何があるか見たい、とか言いだしてさ。あたし、赤ちゃんができないように気をつけてるんだ。母さんがその方法教えてくれたんだよ。

マティ　あたし、興味ないわ。ママになるのってすてきじゃないの。

モリー　ふうん、そう？　じゃ、あんたは好きにすれば。モリー・カニングハムはさ、赤ん坊に、縛られたりしないよ。あたし、昔、男がいてさ、ちょっとは愛がわかる男だなんて思ってたんだよね。ある日家に帰るとさ、彼、トランクに荷物詰めてるんだよ。一番の親友でも別れなきゃならん時が来た、なんて言いだしたんだよね。いつかある日、速達便を送ってやるよ、なんて言っちゃってさ。あたし、彼がトランク運び出して、汽車の駅に向かうのを、窓から見てた。速達便送る気になったって、受け取るはずのあたしは、もういないよ、って言ってやった。あたし、分かったんだ、男に一生懸命しがみつこうとすればするほど、ますます簡単に、ほかの女が彼をさらって行っちゃうんだって。モリーはさ、そういうことを学んだよ。だから、あたしは天の神様しか信じないいし、母さんしか愛さないんだ。

マティ　あたし、行かないと。ゴールドブラム先生を待たせちゃうわ。

マティが玄関から退場。セスが作業小屋から前掛け、手袋、ゴーグルなどをつけて登場。彼はバケツを持って、水を汲みに流しへと舞台を横切る。

セス　みんな出かけちゃって、あんたひとりなんだな？

モリー　外のトイレのそばの小さい小屋……あそこで鍋だのフライパンだの作ってるの？

セス　ああ、あれがおれの作業小屋だ。あそこに行って……この両手で、何もないところから、形あるものを作るんだよ。金属板を手にとって、おれがやりたいように、曲げたり、ねじったり。おやじが教えてくれたんだ。おやじは昔、鍋やフライパンを作っていてさ。それでおれも覚えたんだよ。

モリー　鍋やフライパン作る人って、これまで会ったことなかったなあ。あたしのおじさんはさ、昔、馬に蹄鉄を打ってたよ。

ジェレミーが玄関から登場。

セス　おまえ、働いてるんだと思ってた。今日は働かないのか？

ジェレミー　うん、クビになった。白人野郎がおれの所に来て、仕事続けたけりゃ五十セントよこせ、だってよ。黒人の所を全部まわって、仕事をなくさないために、五十セント払わせてた。ほかのやつらはさ、自分から渡そうとしてたな。おれは自分の金を握ってた、そしたら、やつら、クビにしやがった。

セス　まったく、何考えてるんだよ？　五十セント払えばいいだけじゃないか、週に八ドルになる仕事をクビにされるなんて、何考えてるんだよ？　七ドル五十セントの儲けじゃないか！　こんなことしてると、なんにも手に入らないぞ。

ジェレミー　納得いかなかったんでね。おれの稼ぎはたったの八ドル。なんでそこから、やつに五十セントやらなきゃならないんだよ？　やつは黒人の所を全部まわって、十ドル余分に手にした。おれの一週間の稼ぎより多いんだぞ。

セス　おまえ、今に思い知るぞ。まあ、事実を見てみろ。いいか、目下おまえは、仕事をなくして、何も持ってない。どうするつもりだよ、屋根の下で寝られなくなったら。今のままじゃ、次の土曜、あと二ドル持って来なけりゃ、おまえは道端にいることになるぞ。どこかの橋の下で、何か食うもの腹に詰めようとして、あの野郎に五十セントやっておけばよかったな、って思うんだよ。

ジェレミー　おれには、どっちだっていいさ。あそこに、でかい道路がある。おれはギター抱えて、いつだって次の居場所を見つけられる。一つの所に長居しようなんて、ぜんぜん考えてないね。

セス　次の土曜日、おまえがまだそう考えてるか、見てみようじゃないか！

セスは裏から退場。ジェレミーはモリーを見る。

ジェレミー　モリー・カニングハム。今日はどうだい、シュガー？

モリー　あんた、やりたきゃ明日、またそこに行って、仕事に戻れるよ。やつら、あんたが誰だかも知らないんだから。クビにしたのがあんただった、なんて分かるもんか。あたしの知り合いはさ、前に同じことをしたんだよね。やつら、初めての人みたいにどんどん話進めて、彼のこと雇ったよ。

ジェレミー　とにかく、おれ、働くのイヤになったんだ。クビになって、せいせいした。あんた、ほんと、今日きれいだね。
モリー　そんな、きれいだね、とか言って、寄ってこないでよ。きれいだね、なんてお世辞の次は、たかられるって高いつけがくるんでしょ。あたし、自分のことだけでたいへんなの。
ジェレミー　あんた自分でもきれいだって、知ってるじゃんよ。あんたがそんな言い方したって、意味ないね。なあ、おれといっしょに出かけてみないか？
モリー　あんた、マティ・キャンベルとできてるんでしょ。なのに、あたしに、いっしょに逃げないか、なんてさ。
ジェレミー　ただ連れになっているだけだよ、彼女、淋しがるからさ。あんたは、淋しいタイプじゃないよな。あんた、自分は何が欲しいか、どうやって手に入れるか、分かってるタイプだ。いっしょに旅して回るのに、あんたみたいな女が要るんだよ。ジェレミーといっしょに旅をして、いろんな所、見ないか？　あんたみたいな女がそばにいれば、男は人生、ステキにできるよな。
モリー　モリーなら自分ひとりで、人生ステキにできるよ。モリーに貧乏させとく男なんか要らないの。世の中、今のままでも厳しいんだからね。
ジェレミー　ふたりいっしょなら、もっとよくできるさ。おれ、ギターがあるし、弾き方知ってる。ゆうべギター弾いて、また一ドル稼いじゃったぜ。おれたち、あっちこっち行けるし、ダンスパーティでおれがギター弾けるし、とにかく人生、楽しめるな。あんたが自分でうまくやるのは、いいさ、そのことは賛成だよ。あんたみたいな女は、どこへ行っても、うまくやれる。だけどさ、あんたを守る男がついてりゃ、あんた、もっとうまくやれるぜ。

モリー　どんな所、見に行きたいの？

ジェレミー　全部だよ！　何一つ見落としたくないね。どこでも全部、行きたいし、人生にあるもの全部、やってみたいよ。あんたみたいな女といっしょなら、水と木の実を持ってるみたいだぜ。男が必要なもの全部、手に入れたってことだよな。

モリー　ギター弾くだけじゃなくて、もっと働かなくちゃイヤだ。一日一ドルなんて、モリーが考えてるのに、ぜんぜん足りないもんね。

ジェレミー　おれ、めっちゃギャンブルうまいんだよ。才能あるんだな。

モリー　モリーは働かないの。それにモリーは売り物じゃないよ。

ジェレミー　もちろんだ、ベイビー。ジェレミーといっしょなら働く必要なんてないよ。

モリー　もう一つあるよ。

ジェレミー　なんだい、シュガー？

モリー　モリーは、南部は、行かないよ。

溶暗。

二幕二場

パーラーに照明が当たる。セスとバイナムが座ってドミノゲームをしている。バイナムはひとりで歌を口ずさんでいる。

バイナム　（歌って）
ジョー・ターナーが来て　行っちゃったんだってさ
ああ　神さま
ジョー・ターナーが来て　行っちゃったんだってさ
ああ　神さま
あたしの彼氏を捕まえて　連れていっちゃった

鎖に四十の環《わ》をつけて　やって来た
ああ　神さま
鎖に四十の環をつけて　やって来た
ああ　神さま
あたしの彼氏を捕まえて　連れていっちゃった*13

セス　おい、牌を出すなら、早く出せよ。
バイナム　今出すよ。どれを出すか、決めたらすぐな。
セス　あんた、ゲーム続けたいのか、歌いたいのかも決められないんだな。
バイナム　さてね、おれはどっちも、少しずつやるんだよ。（牌を置いて）ほらよ。さあ、おまえさん、どうする？（歌って）

ジョー・ターナーが来て　行っちゃったんだってさ
ああ　神さま
ジョー・ターナーが来て　行っちゃったんだってさ
ああ　神さま

セス　そのうるさいの、止めてくれよ。
バイナム　これはな、メンフィスあたりの女が歌ってた歌さ。そこの女が作ったんだ。十五年ぐらい前に、そこで覚えたんだよ。

ルーミスが玄関から登場。

バイナム　こんばんは、ルーミスさん。
セス　今日は月曜日だ、ルーミスさん。今度の土曜に、期限が切れるぞ。もうおれたち、朝めし済んだよ。家内がヤムイモを焼いといた。テーブルの上にあんたの分が置いてある。(バイナムに)どっちの番かな？

バイナム　おまえさん、ゲームについていけてないのかね？　ドミノが得意なのかと思ってたよ。おれがやったばかりだから、おまえさんの番のはずだ。

ルーミスは台所に入る。覆いをしたヤムイモの皿が、テーブルに置いてある。彼は座って、手づかみで食べ始める。

セス　(牌を置き)二十だ！　二十点よこせ！　おれが［一―五］の牌を持ってたの、気づいてなかったんだろ。そのあたりを攻めようとしてたよな。わざとあんたのために、そこに置いといたの、分からなかったんだな。

バイナム　これぐらい、どうってことないね。どうせおれが勝つんだから、先に勝たせてやったんだよ。

セス　ほら、牌を出せよ。あんた、口ばっかりじゃないか。おれ百四十ポイント対あんた八十ポイントだぞ。あんた、口ばっかりじゃないか。ほら、出せよ。

バイナム　(歌って)

ジョー・ターナーが来て　行っちゃったんだってさ

ああ　神さま

ジョー・ターナーが来て　行っちゃったんだってさ

ああ　神さま
あたしの彼氏を捕まえて　連れていっちゃった
ああ　神さま
鎖に四十の環をつけて　やって来た

ルーミス　なんでその歌を歌う？　なんでジョー・ターナーのことを歌うんだ？
バイナム　自分の楽しみで歌ってるだけさ。
セス　おれの気を散らそうとしてるな。あんたの狙いはそこだ。
バイナム　（歌って）
鎖に四十の環をつけて　やって来た
ああ　神さま
鎖に四十の環をつけて　やって来た
ああ　神さま

ルーミス　たのむよ、その歌やめてくれ、いやなんだ！
セス　いいか、ヘラルド・ルーミス、これ以上ここで騒ぎは許さんぞ。これ以上騒ぎを起こしてみろ、あんた、ここから出て行くんだ。土曜だろうと、土曜じゃなかろうとな。
バイナム　この人は騒ぎなんか起こしてないよ、セス。ただ、その歌が嫌いだって言ってるだけだ。
セス　おい、おれたち、みんな親しい仲間なんだ。みんな仲がいいんだ。ここじゃ、つまらない喧嘩なんかない。騒ぎもない。そういうことは、他所《よそ》でやるんだな。

バイナム　この人は、その歌が嫌いと言ってるだけさ。おれは何度も、人が嫌いな歌を歌ってしまったことがある。おれは誰でも大事にするよ。ここにいる、この人のことだってな。その歌が嫌いなら、別のを歌うよ。歌ならたくさん知ってるんだから。「アイ・ビロング・トゥー・ザ・バンド」、「ドント・ユー・リーヴ・ミー・ヒヤ」があるだろ。「プレイング・オン・ジ・オールド・キャンプグラウンド」、「キープ・ユア・ランプ・トリムド・アンド・バーニング」だろ……歌ならたくさん知ってるよ。（歌いながら）

みんな！　うれしいだろうな　給料日が来たら

車掌さん　車掌さん　おれ給料日が来たら

イリノイ・セントラル線に乗っかって

カンカキーまで　ひと走りだ

セス　わめくのはいい加減にして、さっさとドミノ続けろよ。

バイナム　ヘラルド・ルーミス、ジョンズタウンに行ったことあるかね？　あんた、おれがそのあたりで見かけた男に、似てるんだが。

ルーミス　そんな名前の場所は、知らないな。

バイナム　おれが輝く男に会ったのは、そのあたりなんだよ。なあ、あんたは女を捜してる。おれは輝く男を捜してる。みんな何かを捜してるみたいだな。

セス　おれはおまえを捜してる、さっさと牌を出さないかと思ってな。それがおれの捜しものさ。

バイナム　ヘラルド・ルーミス、あんたは農業してただろう？　農業してたように見える。
ルーミス　人並みにな。そうさ、少しは農業してたことがあるさ。
バイナム　おれも昔、農場で働いてた……綿を摘んだよ。きっと誰だって、少しは綿摘みしたことがあるんだろうな。
セス　おれはないぞ！　綿摘みなんか、一度もしたことないぞ。おれはここ、北部の生まれだぜ。おやじは自由民だったからな。おれは、綿なんて、見たこともありゃしない！
バイナム　ルーミスさんは、少しは綿摘みをしたな。そうだろ、ヘラルド・ルーミス？　あんたは、けっこう綿を摘んだよな。
ルーミス　なんでおれのことが、そんなに分かるんだ？　なんでおれがしたことが分かるんだ？　どれぐらい綿を摘んだかなんて？
バイナム　あんたを見てると、分かるんだよ。おやじがやり方を教えてくれたんだ。歌の見つけ方の修行を積んでおけば、人を見ると、その人の上に書いてある歌が見える、って教えてくれた。その人が世の中でどんな人物なのか、それで分かるって。さてと、ルーミスさん、あんたを見れば、自分の歌を忘れてしまった人だと分かるんだ。歌い方を忘れてしまったんだってな。歌を忘れた男は、自分が誰だか忘れてしまったんだよ。人生に、自分が生きた印をどう残したらいいのか、忘れてしまったんだ。さてと、昔、おれは行ったり来たり、あの道この道……あっちこっち見ながら、旅して回ったもんだ。探してたんだよ。ルーミスさん、ちょうどあんたと同じようにな。おれは自分が、何を探してるのか、分からなかった。分かっていたのは、何かが、おれを不満にしてるってことだけだ。何かのせいで、心が穏やかに、のんびりできないんだな。するとある日、おやじが歌を一つくれたんだ。その歌は重たくて、扱いにくかった。持ち運ぶのに、一苦労だった。おれは歌と闘ったさ。そんな歌、受け取りたくなかったんだよ。おやじを見つけて、歌を返してやろうと思った。だがな、それはおやじの歌じゃない、って気がついた。おれの歌だったんだ。それはおれの奥深いところから、出てきたものだったんだよ。その歌を作ろうと、おれは記憶をずっと遡り、いろんなもののかけらや切れ端を寄せ集めた。おれは自分が持っているもので、歌を作り上げようとしてた。その歌は、旅の途中でおれを助けてくれたよ。歌が旅を順調にしてくれて、お陰でおれの足は、おれに向かって「歩きたくない」って文句言ったりしなかったな。その間ずっと、歌はどんどん大きくなった。道を一歩進むごとに、歌は育っていった。そんな具合で、おれはその歌を育てようと、自分をありったけ注ぎ込んでしまったんだ。そうなると、もうおれは、歌になろうと手探りしている歌そのものなんだよな。その歌はまだ歌にはなりきれずに、喉のところでゴロゴロと鳴っていて、おれはそれを見つけようとしていたんだ。いいかね、ルーミスさん、自分の歌を忘れた時、人は歌を探しに旅に出るんだ……じつは自分はその歌をずっと持っていたんだ、って気づくまでな。だからおれは、あんたがジョー・ターナーに捕まった黒人の一人だって、分かるんだよ。なぜって、あんたは自分の歌の歌い方を、忘れてしまってるんだから。

ルーミス　嘘つけ！　どうしてそんなこと、分かるんだ？　おれに印でもついてるのか？　ジョー・ターナーがおれに印をつけて、あんたにそれが見えるっていうのか？　あんた、おれが印をつけられた男だって言ってるんだぞ。あんたは、どんな印がついてるんだよ？

バイナムが歌い始める。

バイナム　ジョー・ターナーが来て　行っちゃったんだってさ
ああ　神さま
ジョー・ターナーが来て　行っちゃったんだってさ
ああ　神さま
あたしの彼氏を捕まえて　連れていっちゃった

ルーミス　やつは捕まえた男を大勢、手元に置いてた。まるでフクロネズミを狩りに行くみたいに、定期的に狩りに出かけたんだ。男を捕まえると、やつは自分の妻や家族の所に帰った。その男たちだって自分の家族の所に帰るんだとは考えもしなかったんだ。ジョー・ターナーがおれを捕まえたのは、娘が生まれたばかりの時だった。まだママのおっぱいを吸っているほんの赤ん坊の時に、おれを捕まえたんだ。ジョー・ターナーがおれを捕まえたのは、一九〇一年。一九〇八年まで、七年おれを監禁した。全員を七年間、監禁したんだ。やつは狩りに出かけると、いつも一度に四十人連れて帰った。それから七年間、監禁したんだ。

おれは、メンフィスのはずれの小さな町の道を、歩いてた。男たちが賭事をしているのに出くわした。おれはアバンダント・ライフ教会の執事だったんだ。このうちの何人かでも、罪を犯すのを止めさせられないかと思って、おれは説教をしようと足を止めた。その時だ、テネシー主権州知事の兄弟、ジョー・ターナーが、おれたちに襲いかかると、そこにいた男を一人残らず捕まえたんだ。七年間、おれたち全員を監禁した。

おれがジョー・ターナーに捕まると、妻のマーサはおれから離れていった。ジョー・ターナーの誕生日に、おれはやつから自由になった。やつは、おれと四十人の男たちの七年の年月を奪い、自分の誕生日の日に、解放したんだ。おれは、ヘンリー・トンプソンの農場に戻った。そこでおれとマーサは小作をしていたんだよ。ところが、マーサはいなかった。マーサは、小さい娘を自分の母親の所に連れて行って預け、北部へ旅立っていたんだ。それからずっと、おれたちはマーサを捜してる。捜し続けて、もう四年になるな。おれには捜すことしか、することが思いつかないんだ。世の中の出発点を見つけるために、とにかく彼女の顔を見たいんだよ。どこかの地点から、世の中へ出ないといけない。おれはずっと出発点を探してるんだ。長い間、おれは他人の世界を彷徨ってきたよ。妻さえ見つかれば、そこから自分の世界を始められるんだ。

バイナム　なぜあんたを捕まえたか、ジョー・ターナーは話したかね？　そのことを訊いたことがあるかな？

ルーミス　おれはジョー・ターナーを、一度もそばで見たことがない。触れるほど近くで、やつを見たことがないんだ。ある時、男の一人に、やつはなぜおれたちを捕まえるのか、訊いた。やつは、おれがもっている何が欲しいのか、訊いたんだ。なぜやつは他人のことまで構うのか？　なぜやつは、ひとりで道を歩いているおれを、捕まえなくちゃならなかったんだ？　やつは、「おまえなんか価値がない」と言った。価値がない、とは捨てるもののことだ。わざわざ気に掛けないもののことだよ。だが、やつがおれを捨てたってことはない。おれがひとりの時だって、放っておこうとしなかった。やつが道を歩いているのを、おれのほうが捕まえようとしたわけじゃないんだ。だから、きっとおれには、やつが欲しがる何かがあるに違いないんだな。何が、おれに、あるんだろう？

セス　やつは自分の仕事を、おまえに押しつけたかっただけだ。それだけさ。

ルーミス　やつを見れば、でかくて頑丈で、自分の仕事ぐらい自力で十分やれるって分かる。だから、そんな理由のはずがない。やつは、自分がもっていない何かが欲しいんだよ。

バイナム　その答えを見つけるのは、むずかしいことじゃない。やつが欲しかったのは、あんたの歌だよ。その歌を自分のものにしたかったのさ。あんたを捕まえれば、その歌を覚えられるって考えたんだ。やつは捕まえた黒人の全員から、歌を奪って自分のものにできる相手を探してたんだな。いいかね、やつはあんたを縛りつけて、自分の歌が歌えないようにしておいた。七年間、あんたは歌えなかった。やつが、歌をひったくるかもしれないって、怖れていたからな。だがな、あんたはまだ歌を持っているんだ。ただ、歌い方を忘れてるだけなんだよ。

ルーミス　（バイナムに）あんたが誰だか、分かったぞ。あんたは、あの骨の人の仲間なんだ。

溶暗。

二幕三場

台所に照明が当たる。次の朝。マティとバイナムはテーブルについている。バーサはコンロの所で忙しく働いている。

バイナム　幸運はな、特別な時に来るわけじゃないよ。それを枕の下に入れて寝れば、幸運はいやでもやって来るんだ。時には幸運は来てすぐ行ってしまって、来てたのに、気がつかないことだってあるんだよ。
バーサ　バイナム、その人をそっとしておいてあげたら？　彼女はそんな話、聞きたくないんだから。さあ、さっさとどいて、そっとしておいてあげなさいよ。
バイナム　（立ち上がって）分かった、分かった。だが、おれの言ってることを、しっかり聞いておくんだよ。それが磁石みたいに、あんたの所に幸運を引き寄せるからな。

バイナムが二階へ退場し、ルーミスが登場。

バーサ　ルーミスさん、さあトウモロコシ粥よ。（ボウルをテーブルに置く）マティ、あたしがあんただったら、そんなもので、バイナムにがんじがらめにされたりしないわ。そういうものはね、しばらく効き目があったって、ずっと続くわけじゃないの。今よりもっと混乱させるだけよ。それと、ジェレミーのこともね、イライラして、時間を無駄になんかしないの。あたし、こうなると思ってた。あの女がここに来た時、すぐそう思った。あれは、自分のために男が一ドル出してくれたら、もう誰でもかまわず、すぐに駆け落ちするタイプの女よ。ジェレミーはまだ若い。自分がどんなことに首を突っ込んでいるのか、分かってないんだね。あの女は、ちっとも彼のためにならないよ。ひとりきりにならないように、利用してるだけなんだから。男にとっちゃ最悪の利用の仕方よ。あんた、彼に煩わされなくなって、よかったって、喜ばなくちゃね。あたしは、いろんな男を見てきた。ここに出たり入ったりする男を見てきたわ。ジェレミーじゃ、あんたには不足ね。あんたには、ものの分かる人が必要なの。賢い頭をどんどん働かせて、手の届く最高のものを探そうとする人がね。あんたの花開く時期が来るところよ。あんたは一生懸命になりすぎて、どうして自分はうまくいかないのか、分からなくなってるの。答えを見つけようとすると、心が乱れるばっかり。心が乱れた女は、どんな男だって遠慮するよ。

あんたの心から、厄介事を全部丸ごと、追い出しなさい。そうして、自分が欲しいものは、もうぜったい見つからないって思ったその時に……顔を上げると、ちょうど目の前に、それがあるのよ。あたしがセスに出会ったのも、そんなふうだった。あんたも、ある日顔を上げると、欲しいものが全部そろって、目の前にあるのに気づくことになるよ。あたしにそんなことが起きてから、二十七年たった。でもさ、人生はのんきに運任せで、何もかも望むようになるわけじゃないわ。あんたの花開く時期が、来るところよ。バーサが言っていることをおぼえておくのよ。

セスが登場。

セス　オーイ！

バーサ　こんなに遅く帰って来て、何してたの？

セス　ローガン通りで、仲間と立ち話してたんだ。ヘンリー・アレンが自分の老いぼれ馬を、おれに売りつけようとしてさ。（ルーミスを見て）今日は火曜日だ、ルーミスさん。

バーサ　（彼を寝室のほうへ引っぱって）こっちに来て。あの人に、ひとりで静かに朝ごはん食べさせてあげてよ。

セス　おれは誰の邪魔もしてないね。やつに今日が何曜日か、思い出させてやっただけだ。

セスとバーサが寝室に退場。

ルーミス　その服は、いい色だな。

マティ　あなたが話したようなこと、ほんとに見たの？　その人たち、海から上がって来たの？

ルーミス　ああ、まったくその通りのことが起きたんだ。

マティ　奥さんが見つかるといいわね。奥さんが見つかったら、小さな嬢ちゃんのためにいいでしょうね。

ルーミス　おれは自分のために、妻を見つけないといけないんだ。世の中へ出る、おれの出発点を見つけないと。自分の居場所がある世界を、見つけないとな。
マティ　あたし、ちゃんとした自分の居場所を、一度も見つけられないの。あたしのすることなすこと、やり直しみたい。世の中の出発点なら、わけなく見つかるわ。今いる所から始めればいいだけよ。
ルーミス　妻を見つけないと。そこがおれの出発点なんだ。
マティ　もし見つからなかったら？　もし見つからなかったら、そしたら、どうするの？
ルーミス　あいつは、どこかそこらにいる。見つからない、なんてはずがないんだ。
マティ　奥さん、どんなふうにいなくなったの？　ジャックはただ、あたしを置いて出て行っちゃったんだけど。
ルーミス　ジョー・ターナーがおれたちを引き裂いたんだ。ジョー・ターナーが世の中をひっくり返しやがった。おれを七年も手元に縛りつけておいたんだ。
マティ　奥さんが見つかるといいわね。見つかったら、あなたにとっていいでしょうね。
ルーミス　ずっとあんたのことを、見てたよ。あんたがおれをじっと見ているのを、見てたんだ。
マティ　あたしはただ、あなたが話したようなことをほんとに見たのか、考えていただけよ。
ルーミス　（立ち上がりながら）ここに来て、あんたに触らせてくれ。ずっとあんたのことを、見てたんだ。あんたは豊かないい女だ。男には豊かな女が必要なんだ。さあ、おれといっしょになってくれ。

マティ　あなたには、あたしじゃ足りないわ。あなたは、あっという間にあたしを使い切ってしまうわ。

ルーミス　ヘラルド・ルーミスは、あんたを一目見た時から、自分の心の一部みたいに感じていたんだ。豊かな女を見るのは、ほんとに久しぶりだなあ。ここからでもあんたの匂いがする。あんたが心の中でヘラルド・ルーミスを思っていて、心から消せないって、おれには分かってるんだ。さあ、ヘラルド・ルーミスといっしょになってくれ。

彼はマティのほうへ進む。ぎごちなく、そっと、やさしく彼女に触れる。彼は深い飢餓を抱えたはぐれ狼の仔のように、体の中で吠えている。彼女に触れようとするが、できないことに気づく。

ルーミス　どうやって触るか、おれは、忘れちまった。

溶暗。

二幕四場

翌朝早く。庭にいるゾニアとルーベンに照明が当たる。

ルーベン　このあたりで、何か気味悪いことが起こってる。ゆうべは、バイナムさんが庭で、風に向かって歌ったり、話しかけたりしてた……そしたら、風が返事してたよ。聞いた？
ゾニア　聞いたよ。起きて、見ようとしたけど、怖くてね。嵐だと思ったんだけど。
ルーベン　あれは嵐なんかじゃない。バイナムさんだ。最初、バイナムさんが何か言う……そしたら、風がさ、答えるんだよ。
ゾニア　聞いたよ。怖くなかったの？　あたし、怖かった。
ルーベン　そしてさ、今朝は……おれメイベルさんを見ちゃったんだ！
ゾニア　メイベルさんって、誰？
ルーベン　セスさんの母さんだ。セスさん、その人の絵を家に飾ってるよ。もう死んだんだ。
ゾニア　死んでるのに、なんでその人を見たの？
ルーベン　ゾニア……おれが話すこと、誰にも言わないって、約束できるか？
ゾニア　約束するよ。
ルーベン　今朝早くなんだ……おれ、餌をやりに鳩小屋に行ったんだよ。小屋の戸を開けようと、こんなふうに地面にかがんでた……いきなり、目の前に足が見えた。見上げると……そこにメイベルさんが立ってたんだよ。

ゾニア　ルーベン、そんな話やめて！　あんたは誰も見てないでしょ！

ルーベン　いいや、ほんとうなんだ。誓うよ！　今、おまえを見てるみたいに、メイベルさんが見えたんだ。見ろよ……あの人が杖でぶった痕がついてるから。

ゾニア　ぶった？　なんでぶつの？

ルーベン　あの人が言ったんだ、「ユージーンと何か約束したんじゃないの？」って。それから、おれを杖でぶった。「鳩を放しなさい」って言ってさ。それからまた、ぶった。そのせいで、こんな痕がついたんだよ。

ゾニア　ヒャーッ……そばに来ないで。あんた、お化け見たんだよね！

ルーベン　シーッ。ゾニア、おまえ、約束したんだぞ！

ゾニア　ほんとはバーサさんが来て、鍬《くわ》であんたのこと、ぶったんじゃないの？

ルーベン　違うね、バーサさんなんかじゃない。言っただろ、メイベルさんだって。ちょうど小屋のそばに立ってたんだ。あの人さ、体の中からぴかぴかしてて、それから、すうっと消えていなくなっちゃった。

ゾニア　何着てた？

ルーベン　白い服。靴も履いてなかったな。白い服着ただけで、手がでかくて……それと、おれをぶった杖も持ってた。

ゾニア　その人、どうやって鳩のこと、知ってたんだと思う？　ユージーンが言ったのかな？
ルーベン　さあね。おれ、なんにも訊かなかったよ。ユージーンが鳩を待ってる、ってその人が言うんだ。おれが鳩を放すまで、ユージーンは家に戻れないんだってよ。おれ、もうむちゃくちゃ急いで小屋の戸開けたよ。
ゾニア　ひょっとして、その人、天使だったんじゃないの？　さっきあんたが言ってた、白い服を着た格好からしてね。ひょっとして、天使だったんじゃない。
ルーベン　あんな意地悪のメイベルさんが……なんで天使になるんだよ？　昔、自分ちの庭からおれたちを追っ払って、スゴイ顔で睨みつけてさ、いつだって陰険だったぞ。
ゾニア　その人が、どんな顔してたって、庭で子どもを遊ばせなくたってさ、だから天使のはずがない、なんて言えないよ。心が汚れてても、お祈りして、教会に行けば、見逃してもらえるんだからね。
ルーベン　じゃあ、杖でおれをぶったのは、どうなんだよ？　天使なら、おれを杖でぶったりしないぞ。
ゾニア　さあね。するかもよ。とにかくあたし、その人が天使だったって思うよ。
ルーベン　ユージーンが年寄りのメイベルさんを来させたってことあるかな？
ゾニア　なんでそんな人、来させるわけ？　なんで自分で来ないのよ？
ルーベン　たぶんメイベルさんなら、おれに言うこと聞かせられるって、思ったんだな。あの人、年取ってるからさ。
ゾニア　どんな感じがするんだろうね？

ルーベン　何が？
ゾニア　死んでると。
ルーベン　眠ってるみたいなもんさ。ただ、自分じゃなんにも分からないし、もう動けないんだ。
ゾニア　メイベルさんが戻って来れるんなら……それなら、たぶんユージーンも戻って来れるよね。
ルーベン　おれたち、前みたいに隠れ家に行けるな！　ユージーンのやつ、毎日だって戻って来れるぞ！　まるでまだ死んでない、みたいだろうな。
ゾニア　たぶんユージーンは、戻って来ちゃいけないんだよね。お化けとゲームするなんて、なんだか変だもんね。
ルーベン　そうだな……もし、全員が戻って来たらどうかな？　メイベルさんが、まだ死んでないみたいに戻って来たら、どうだろう？　そしたら、おまえとパパ、どこで寝るよ？
ゾニア　たぶん、その人たち夜は帰るから、寝る場所、要らないと思うよ。
ルーベン　それだって、まだ足らないよな。おれ、ぜったいユージーンがいなくて淋しいって思うよ。あいつみたいに、スゴイいい親友なんて、ぜったいありっこないもんな。
ゾニア　パパが言ったよ、誰かのこと、いなくて淋しいってあんまり思い過ぎると、死んじゃうって。パパは、あたしのこと思い過ぎて、もう死ぬとこだったって言ったよ。
ルーベン　もしさ、おまえのママはもう死んでるのに、ずっと捜してたんだとしたら、どうだろうな？
ゾニア　そんなことない、死んでないよ。パパはママの匂いがするって言ってるもん。
ルーベン　ここにいない人の匂いなんて、するはずないね。もしかするとパパがかいだのは、あのバーサさんの匂いかもしれないぞ。もしかするとバーサさんが、おまえのママかもな？
ゾニア　違うよ。あたしのママはきれいな長い髪で、身長は地面から五フィートだってば！
ルーベン　パパはいつ出て行くって言ってる？

ゾニアは答えない。

ルーベン　もしかすると、セスさんの家にずっといて、もうこれ以上、ママを捜しに行かないのかもな。
ゾニア　土曜日に出なくちゃならないって言ったよ。
ルーベン　なんだよ！　ここに来てから、ちょっとしかたってないじゃないかよ。ずっといつまでも変わらないものって、ないんだな。
ゾニア　ママを見つけなくちゃって、パパが言うんだよ。世の中に、パパのいる場所を見つけなくちゃってね。
ルーベン　居場所なら、セスさんの家で見つければいいじゃん。
ゾニア　あたしたち、ぜったいママが見つからないような気がする。
ルーベン　もしかすると、土曜までに見つかってさ、そしたらもう行かなくてもいいよな。
ゾニア　どうかなあ。
ルーベン　おまえ、蜘蛛《くも》みたいだな！
ゾニア　あたし、蜘蛛じゃないもん！

ルーベン　手も足もひょろ長くてさ。[*14]クロゴケグモに似てるな。
ゾニア　クロコゲグモなんかじゃないよ!　あたしの名前は、ゾニア!
ルーベン　おれ、これから呼んでやるぞ……蜘蛛って。
ゾニア　そう呼んだっていいよ、けどあたし返事なんかしないもんね。
ルーベン　おい、いいか?　おれ、おとなになったら、ひょっとしておまえと結婚するな。
ゾニア　どうして分かるの?
ルーベン　おじいちゃんに、どうしたら分かる、って訊いたんだよ。そしたら、女の子の目の中にお月様が落ちたら、そうだって分かるんだってさ。
ゾニア　あたしの目の中に、落ちた?
ルーベン　そうとも言えないんだよな。もしかして、おれ、まだ若過ぎるのかもな。もしかして、おまえが若過ぎるのかもな。
ゾニア　やっぱね!　どうしてあんたがそんな嘘つくのか、分かんないよ!
ルーベン　そんなの別にどうだっていいじゃん。おれに、お月様が見えなくたってさ。そこにあるって、おれ、分かってるんだからよ。おまえがおれを見る時、ときどき、おまえの目の中に、お月様があるような気がするんだよな。
ゾニア　そんなの別にどうだっていいじゃん。あんたに、お月様が見えないんだからさ。ほんとなら、見えるはずなんだよ。
ルーベン　クソーッ。おれには、ちゃんと見えてるんだぞ。誰かにキスさせたことある?

ゾニア　パパだけ。パパは、ほっぺたにするんだよ。
ルーベン　唇のほうがいいんだ。唇にキスしていい？
ゾニア　どうかなあ。誰かにキスしたことあるの？
ルーベン　いとこがさ、一度唇にキスさせてくれたよ。キスしていい？
ゾニア　オーケー。

ルーベンは彼女にキスして、彼女の胸に頭を置く。

ゾニア　何してるの？
ルーベン　聞いてるんだ。おまえの心臓が、歌ってるよ！
ゾニア　そんなことないよ。
ルーベン　ドラムみたいにドキドキしてる。もう一回キスしよう。

ふたりは再度キスする。

ルーベン　蜘蛛、もう、おまえはおれのものだ。おれの彼女だよ、いいな？
ゾニア　オーケー。
ルーベン　おれ、大きくなったら、おまえを捜しに行くよ。

ゾニア　オーケー。

溶暗。

二幕五場

台所に照明が当たる。土曜日。バイナム、ルーミスとゾニアがテーブルについている。バーサが朝食の用意をしている。ゾニアは白い洋服を着ている。

バイナム　このところの雨だと、道で土砂崩れに遭ったかもしれんな。荷馬車が泥にはまったとなると、彼はまだ上流のどこか、だろうね。まだ上流なら、明日までは現れないよな。
ルーミス　今日は土曜日だ。あの人は土曜に来るって言ったんだ。
バーサ　さあゾニア、今朝は、ちゃんと朝ごはんを食べるのよ。
ゾニア　はい、奥さん。
バーサ　食べないで、どうやって大きくなるつもりなの？　食べない子なんて見たことがないよ。あんた、豆の蔓を支える棒みたいにひょろひょろじゃない。（間）ルーミスさん、ワイリー通りにいい所があるわ。ジーク・メイウエザーがそこで下宿屋をしてるから。部屋があるか尋ねてみなさいよ。

ルーミスは返事をしない。

バーサ　さあ、出かける前に、よかったら朝ごはんでもどうぞ。

マティが階段から登場。

マティ　おはようございます。
バーサ　おはよう、マティ。そこに座って。朝ごはんをどうぞ。
バイナム　さてと、マティ・キャンベル、教えたように、あれを枕の下に入れて寝たかね？
バーサ　バイナム、もう言ったでしょ、そんなもの持ち出して、この人に構わないでって。あんたはここで、他人の人生のお節介を焼いてるのよ。この人はそんなこと聞きたくないの。そんなもので、混乱させてるだけじゃない。
マティ　（ルーミスに）もうすっかり出て行くことに決めたの？
ルーミス　今日は土曜日だ。土曜まで金を払ったんだ。
マティ　どこに行くつもり？
ルーミス　妻を見つけるんだよ。
マティ　別の町に行くの？
ルーミス　道が続くまま、歩いて行くんだ。どこに行き着くのか、分からないな。
マティ　十一年は長いわ。奥さんは……別の人といっしょになったかもしれないわね。誰かとはぐれると、そうする人もいるから。

ルーミス　ゾニア。さあ、ママを捜しに行くんだよ。

ルーミスとゾニアはドアのほうへ向かう。

マティ　（ゾニアに）ゾニア、マティはあんたの洋服にぴったりのリボン、持ってるのよ。マティがそのリボンで、あんたの髪、きれいにしてあげようか？

ゾニアはうなずく。マティはリボンを彼女の髪に結ぶ。

マティ　ほらね……洋服にそっくりの色よ。（ルーミスに）奥さんが見つかるといいわね。幸せになるといいわね。

ルーミス　女を探している男が、あんたを見つけたとしたら、そいつは運がいいやつだ。マティ、あんたは気立てのいい女だ。その心を、ずっと忘れるんじゃないよ。

ルーミスとゾニアが退場。

バーサ　あの人を二週間じっと見てたけど……初めて見たよ、あの人が、礼儀正しいと言ってもいい振る舞いをしたのはね。マティ、あんたたちの間に何があったか知らないけど……あの人に必要なものはただ一つ、あの人を笑わせてあげる人よ。この世で必要なものは、愛と笑い、それだけ。誰にとっても必要なものはそれだけ。片手に愛を、もう一方の手に笑いを、よね。

バーサは、台所であちらこちら動き回っている。あたかも台所を祝福し、あたりを覆うような大きな悲しみを追い払うかのようである。その動きは、踊りであり、また彼女自身の魔術の実演、すなわち彼女自身の救済法である。彼女は、何世紀もの歴史をもつこの救済法と、心臓の筋肉と血の記憶によってつながっているのだ。

バーサ　聞いてる、マティ？　笑うことの話をしてるのよ。体のずっと奥から出てくるような笑いのことよ。ただ立ったまま、笑って、命が奥からまっすぐにあふれて来るようにするの。自分が生きてるって確かめるために、ただ笑うのよ。

彼女は笑い始める。それはほとんどヒステリー症的な笑いで、苦悩と幸福を併せもつ命の賛美である。マティとバイナムがその笑いに加わる。セスが玄関から登場。

セス　おやっ、みんなで楽しんでるんだな。（彼らといっしょに笑い始める）あのルーミスの野郎、角に立って、家を見張ってやがる。ちょうどマニラ通りに立ってるぞ。

バーサ　あの人のこと、蒸し返さないでちょうだい。もうここから出て行ったんだからね。これ以上その話は聞きたくないの。あの人のことじゃ、あんたのせいで、もう頭がどうかなりそうだった。

セス　おれはやつが角に立ってる、って言っただけだ。いつも通り、こそこそと振る舞ってやがる。好きなだけ立ってればいいんだよ。ここに戻って来なけりゃな。

ドアにノック。セスが出る。マーサ・ルーミス［ペンテコスト］が登場。二十八歳ぐらいの若い女性。福音派教会の会員にふさわしい服装をしている。ラザフォード・セーリグが後に続く。

セス　バーサ、見ろよ。マーサ・ペンテコストだ。さあ入って、マーサ。いっしょにいるのは誰？　やあ……セーリグじゃないか。入れよ、セーリグ。

バーサ　さあさあ、入って、マーサ。ほんとに、会えてうれしいわ。

バイナム　ラザフォード・セーリグ、あんたはまちがいなく第一級の「人捜し屋」だ！

セーリグ　彼女はちょうどランキンにいたんだ。最初の右手の道を進んで……ウースター通りのちょうど教会の所だ。おれはそこを通り過ぎようとしたんだが、ふっとなんだか教会の所で止まって、チリ取りが要らないか、訊いてみようって気になってね。

セス　なっ、バーサ、彼女、元気そうじゃないか。

バーサ　とってもさわやかで、元気そうね。

マーサ　バイナムさん……セーリグから、ここにわたしの小さな娘がいたって聞いたんだけど。

セス　あんたの旦那だって言う男がここにいたんだよ。ルーミスと名乗ってた。あんたがかみさんだって言ってたな。

マーサ　わたしの小さな娘はいっしょだった？

セス　ああ、小さい女の子を連れてたよ。おれは、あんたの居場所を教える気がしなかったんだ。やつの様子じゃな。それでやつは、セーリグに見つけてくれって頼んだんだ。

マーサ　ふたりはどこ？　二階？

セス　やつはちょうどマニラ通りに立ってたよ。やつが騒ぎを起こしたんで、出てもらわなくちゃならなくてな。ある晩、やつはここに来て……

ドアが開き、ルーミスとゾニアが登場。マーサとルーミスは互いに見つめ合う。

ルーミス　やあ、マーサ。

マーサ　ヘラルド……ゾニアなの？

ルーミス　マーサ、おまえは待っていてくれなかったんだな。外へ出るとおれは、おまえの顔を捜した。おまえの顔が見たくて、七年も待ってたんだ。

マーサ　ヘラルド、わたしも、あなたを捜してたわ。あなたがママの家からゾニアを連れ出した、そのたった二か月後に、わたしもそこに戻ったのよ。それからずっと、ふたりを捜してたわ。

ルーミス　ジョー・ターナーに解放されると、すべてがひっくり返ったみたいな感じがした。おれは、まだ世の中がちゃんとそこにあるのを確かめたくて、とにかくおまえの顔が見たかった。何もかもまだ元の場所にあるのを確かめたら、自分を元通りにつなぎ直せるって思った。たどり着いてみると、マーサ、おまえはいなくなってたんだ。

マーサ　ヘラルド……

ルーミス　おれの小さな娘を、この世で母のない子にしておいたんだ。

マーサ　母のない子になんかしてないわ、ヘラルド。南部では黒人がひどい目に遭っていたから、トリヴァー牧師は、教会を北部に移そうと考えたの。旅の途中で何が起きるか、誰にも分からなかった。わたしたちが、うまく北部にたどり着けるかどうかさえ分からなかったわ。わたしは子どもの安全を考えて、ママの所に残したの。人から逃げたり隠れたりしなくちゃならない旅に、連れ回すよりもよかったからよ。わたしたちに何が起きるか、分からなかったもの。この世で母のない子にしておいたわけじゃないわ。わたし、ふたりをずっと捜していたのよ。

ルーミス　地獄で七年を過ごしたあと、おれはヘンリー・トンプソンの農場に向かった。おまえの顔を見たいということしか、頭になかったんだ。

マーサ　ヘラルド、あなたが帰って来るなんて、思ってもみなかったわ。あなたがジョー・ターナーに捕まったって聞かされて、わたしの全世界は真っ二つに割れてしまったのよ。わたしの全人生は粉々になった。まるでひび割れた壺に人生を注いで、全部底から漏れ出したみたいだった。そうなってしまうと、もう元に戻すことはできないわ。あなたは、ヘンリー・トンプソンの農場で、まだわたしがひとりで耕しているはずだと思っていたみたいね。どうしてわたしに、そんなことができるの？　あなたがいなくなって二月もしないうちに、ヘンリー・トンプソンが畑からわたしを蹴り出した。わたしはママの家しか行く場所がなかったのよ。そこに五年いて、あなたを待っていたわ。とうとうある朝目を覚まして、あなたは死んだって思うことに決めたの。ほんとうは死んでいなくても、わたしにとっては死んでいた。あなたのことをそれ以上思い続けるのをやめたの。だから心の中で、あなたが死んだことにしたわ。あなたを、埋葬した。あなたを、悼んだ。それから残ったものをまとめて、あなたのいない人生を始めることにしたの。わたしは若い女で、人生が手招きしていた。あなたを綿摘みの袋みたいに、引きずっていくことはできなかったのよ。

ルーミス　おれは、さよならを言うために、おまえの顔を見る日を、ずっと待っていたんだ。時にはそのさよならが大きくなり過ぎて、おれは飲み込まれそうになった。おれは三年の間、鯨の腹の中のヨナみたいに、さよならの中にいた。さよならに駆り立てられて、おれは捜す旅を続けたんだよ。家で暮らしている女たちには目もくれずにな。さよならがおれを旅に縛りつけていたんだ。その間ずっと、さよならはおれの胸で膨れあがり、おれはもう爆発しそうになった。おまえの顔を見たから、おれは、やっとさよならが言える、やっと自分の世界を作れるんだ。

ルーミスはゾニアの手を取り、マーサに引き渡す。

ルーミス　マーサ……さあ、これがおまえの娘だよ。おれはこの子の面倒をみてきたつもりだ。食べられるように、世話をした。雨風にあたらないように、世話をした。おれが知っている限りのことを、教えようとした。この子は、こんどは母親から、教えられる限りのことを学ぶんだ。そうすれば、偏った人間にならないだろう。

ルーミスはゾニアに身をかがめて。

ルーミス　ゾニア、さあ、おまえはママと暮らすんだよ。やさしい人だからね。いっしょに暮らして、ママの言うことをよく聞くんだよ。おまえはパパの娘だ。娘のおまえを愛してるよ。この世界のどこかで、またおまえに会いたい。おまえのことは、いつまでも忘れないからね。

ゾニア　（パニックになって、腕をルーミスに巻き付けて）あたし、もうこれ以上大きくならないよ！あたしの骨、これ以上大きくならないよ！　ぜったいに！　約束するから！　いっしょに連れて行ってよ、いつまでたっても見つからないものを、ずっと、ずっと探し続ける旅に。あたし、もうこれ以上大きくならないよ！　約束するから！

ルーミス　さあ、パパが言った通りにするんだよ。

マーサ　（ゾニアのところに行き、慰める）いい子ね、大丈夫よ。ママがここにいるから。ママがここにいるからね。心配ないのよ。泣かないで。（バイナムのほうに向かって）バイナムさん、なんとお礼を言ったらいいのか分かりません。神の祝福を。

ルーミス　おまえだな！　おれをずっと縛りつけていたのは、おまえだ！　おまえが、おれを旅に縛りつけていたんだ！

バイナム　ヘラルド・ルーミス、おれは、おまえを縛ってないよ。くっつかないものは、結べないいんだからな。

ルーミス　どこに行っても、みんながおれを縛り上げようとするんだ。ジョー・ターナーがおれを縛ろうとした。トリヴァー牧師がおれを縛ろうとした。おまえもおれを縛ろうとした。誰も彼もおれを縛ろうとする。いいか、ジョー・ターナーが来て、行ってしまったんだからな、もうヘラルド・ルーミスはぜったい縛られないぞ。誰にもおれを縛らせはしないぞ！

ルーミスはナイフを取り出す。

バイナム　あんたじゃないんだよ、ヘラルド・ルーミス。おれは、あんたを縛ったんじゃない。小さな娘を母親に結びつけただけだ。おれが縛ったのはそのふたりだ。あんたは、自分で自分を縛ってるんだよ。あんたは自分の歌に縛られているんだ。ヘラルド・ルーミス、立ち上がって、歌いさえすればいいんだよ。歌がちょうどあんたの喉元で、飛び出そうともがいているところなんだ。歌いさえすればいいんだよ。そうすれば自由になれる。

マーサ　ヘラルド……自分の姿を見て！　ナイフを手にして立ってる姿を。あなたは悪魔のほうへ心を移してしまったのね。さあ……ナイフを置いて。キリストのほうを見ないといけないわ。教会から離れてしまっても、また救われるのよ。聖書に書いてあるわ、「エホバはわが牧者《ぼくしゃ》なり　われ乏《とも》しきことあらじ　エホバは我《われ》をみどりの野《の》にふさせ　いこいの水浜《みぎわ》にともないたまう　エホバはわが霊魂《たましい》をいかし　名《みな》のゆえをもて我をただしき路《みち》にみちびき給《たま》う　たといわれ死のかげの谷をあゆむとも――」。*15

ルーミス　まさにそこだ、おれが歩いてたのは！

マーサ　「禍害《わざわい》をおそれじ　なんじ我《われ》とともに在《いま》せばなり　なんじの笞《しもと》なんじの杖《つえ》われを慰《なぐさ》む」

ルーミス　おまえは、おれに向かって谷のことなんか語る資格はない。おれはもう谷も、丘も、山も、海も、全部通ってきたんだからな。

マーサ　「なんじわが仇《あだ》のまえに我《わ》がために筵《えん》をもうけ」

ルーミス　そこでおれが目にしたのは、羊毛みたいなちりちり頭の黒人の群れが、ただ呆然としているところだ。その真ん中には、ミスター・イエス・キリストが立ってるんだ、にやにやしながらな。

マーサ　「わが首《こうべ》にあぶらをそそぎたまう　我《わ》が酒杯《さかずき》はあふるるなり」

ルーミス　やつは顔中にやにや笑いを浮かべてる……そして黒人たちは、やつの足下で転げ回ってる。

マーサ　「わが世《よ》にあらん限《かぎ》りはかならず恩恵《めぐみ》と憐憫《あわれみ》とわれにそいきたらん　我《われ》はとこしえにエホバの宮《みや》にすまん」

ルーミス　かの偉大なる白人野郎……おまえのミスター・イエス・キリスト。やつは片手に鞭を、片手に集計板を持って、そこに立ってる。黒人たちは綿の海で、あっぷあっぷしてるんだ。そう、やつは数えている。綿の勘定をしている。「おい、ジェレミヤ……どうしたんだよ、きょうは二百ポンドしか綿を摘んでないじゃないか？　おまえの食料の配給を半分にしとかなくちゃな」。そこでジェレミヤは戻ると、半分の配給で満足して、死んだ後で救済をくれるなんて、ミスター・イエス・キリストはなんてすばらしいお方なんだ、と語るんだ。どっかが間違っているぞ。どっかがおかしいんだ！

マーサ　あなたは心を開いて、信仰を持たなくてはいけないわ、ヘラルド。この世は、ただ次の世のための試練なのよ。キリストはあなたに救済をくださるわ。

ルーミス　おれは、苦労して水を渡ってきた。ヨルダン川を隅々まで歩いてきたんだ。だが、それでおれはどうなった、えっ？　おれは、子羊の血と聖霊の炎でもって、洗礼を受けた。だが、それでおれは何を手に入れたんだ、えっ？　救済を得たのか？　敵どもがおれを取り囲み、おれの骨から肉をむしり取っている。自分の血でおれは息が詰まりそうになっているのに、あんたがくれるのは救済だけなのか？

マーサ　あなたは、清らかにならなければ、ヘラルド。子羊の血で洗い清めなくてはいけないわ。

ルーミス　血が清めになるのか？　血で清らかになるっていうのか？

マーサ　キリストはあなたのために血を流されたのよ。キリストは、この世の罪を取り除きたもう神の子羊なり。

ルーミス　おれのために、誰かに血なんか流してもらわなくてもいいんだ！　血なら自分で流せる。

マーサ　あなたは世のためになる人にならなくては、ヘラルド。ただ生きているというわけにはいかないの。生きる意味がなければ人生は意味をもたないわ。

ルーミス　おまえには、どんな意味があるって言うんだよ？　おい、おまえはどんなふうに清らかなんだよ？　血が欲しいのか？　血がおまえを清らかにするのか？　血で、おまえは清らかになるのか？

ルーミスは自分の胸を斜めに切り裂く。その血を顔中に塗ると、悟りに至る。

ルーミス　おれは立っているぞ！　おれは立っている。おれの脚が立ち上がった！　おれは今、立っているんだ！

彼は自分の歌、自己充足の歌を見つけて、完全に蘇生し、浄化され、活力を与えられた。自分の心臓の動きと肉体の束縛を除けば、あらゆる重圧から解放されたのである。世の中に生きる者としての責任を引き受けた彼は、これまで彼の魂を圧迫し、恐ろしいほど萎縮させていた周囲の環境を超えて、今や思う存分に飛翔することができるようになったのだ。

ルーミス　さよなら、マーサ。

ルーミスはまだナイフを持ったまま、向きを変えて退場。マティは部屋を見渡してから、急いで彼を追っていく。

バイナム　ヘラルド・ルーミス、あんた、輝いてるよ！　新しい硬貨みたいに輝いている！

照明が次第に暗くなる。

訳注

底本としたのは、August Wilson. *Joe Turner's Come and Gone*（New York: Plume. 1988）である。ただし、ト書きの表記は Theatre Communications Group（New York, 2007）版に拠った。本文テクストはプルーム版とTCG版はほぼ同一であるが、ト書きに関しては、TCG版のほうが様式の統一が取れているからである。上演版である Samuel French（New York, 1988. Acting Edition）は、ト書きが説明的で、詳しい。適宜参照した。また Yale School of Drama/Yale Repertory Theater 刊行の *Theater*（Summer/Fall 1986）所収の初演時のスクリプトは、プルーム版と内容的にかなり相違があるが、当初の創作意図を知るために参照した。

＊1　**サキーナ・アンサリ**　ウィルソンの最初の結婚でもうけた娘。執筆当時、彼はセントポールに転居し、二度目の結婚をしていた。

＊2　**薬草師**（rootworker）　薬草を用いた治療師、あるいは薬草でヴードゥーのまじないの品を作る人。

＊3　**古臭いチンプンカンプンのまじない**（old mumbo jumbo nonsense）　バーサやバイナムが行う、黒人の暮らしに伝わる迷信や呪術を指す。合理主義的な発想のセスは、無意味な儀式と馬鹿にしており、このすぐあとでは、「オッカナビックリのまじない」（heebie-jeebie stuff）と呼んでいる。"heebie-jeebies"は驚愕、怖れ、心配による神経過敏な状態を表す俗語。ヴードゥーでは、塩を撒くことは、邪悪な物を追い払い、清めるための魔除けとされ、また、外界との境界である玄関の敷居などに硬貨を並べることは、不吉な物の侵入を防ぐためのまじないとされる。

＊4　このビスケットは、日本のファーストフード店のメニューにあるような、ベーキングパウダーで膨らませて焼いた小さい丸いパンのこと。イギリスのスコーンに近い食べもの。

＊5　**ニガー**（nigger）　用いられ方によってニュアンスが大きく異なる語である。白人が用いる場合は、黒人に対する蔑称。それに対して黒人同士で用いる場合には、同胞、仲間の意識が働く。したがってバイナムとルーミスのせりふでは、この語を黒人、おれたち、と訳した。しかし、黒人であっても中産階級的思考のセスは、この語に苦々しさと軽蔑を込めている。セスの場合は、セーリグのせりふ（注6）との違いも考慮してニガー、やつらなどと訳した。

＊6　**黒ん坊**（Nigra）　黒人の蔑称 nigger よりもさらに侮辱的な意味合いの語。登場人物中ただ一人の白人で、かつては逃亡奴隷の追跡者であったセーリグは、あからさまに侮蔑的な表現をしている。

＊7　**「先を歩み、道を示す人」**（the One Who Goes Before and Shows the Way）　輝く男について、バイナムの父はこのように説明し、バイナム自身はジョンズタウンで出会ったため、ジョンと呼んでいる。ここから、輝く男とイエスに洗礼を授けた洗礼者ヨハネ（John the Baptist）との関連性を読み取ることができよう。洗礼者ヨハネについて、旧約聖書「イザヤ書」（40章3節）には、来るべき主のために準備をする先駆者と預言されている。新約聖書「マルコによる福音書」では、「見よ、わたしはあなたより先に使者を遣わし、あなたの道を準備させよう」（1章2節）と記されている。ルーミスは終幕で輝く男と認められるようになるが、彼のファースト・ネームがヘラルド（先駆者）であることは示唆に富んでいる。

＊8　**ベッドフォード通り一七二七**　ヒル地区のオーガスト・ウィルソンの生家の住所。ここで彼は十三歳まで暮らした。近年の上演では、このせりふはウィルソン劇に詳しい観客におおいにうけている。

ちなみにヒル地区の道路は、ダウンタウンからアッパーヒルの方向、つまり南西から北東に向かう主要な道路がアヴェニュー、それらと交差して走る道路がストリートとなっているが、碁盤の目のようになっているわけではいない。この作品では位置関係はさほど重要ではないので、街、通りなどと訳し分けず、日本語になじむように、いずれも「通り」と訳した。

＊9　**「プリン　ザ　スキフ」**（"Pullin' the Skiff"）　女の子が縄跳びなどの遊びをしながら歌った古いフォー

ク音楽。ジョン・A・ローマックス（1867–1948）が一九四〇年にミシシッピ州で、十二歳の女子生徒、オーラ・デル・グラハムが歌うのを採録したものが残っている。音楽好きのウィルソンは、その歌が収録されたCD（*A Treasury of Library of Congress Field Recordings* など）を聞き、歌詞をそのまま用いたと思われる。

＊10 **水と木の実**（water and berries） 詩情のあるフレーズであるが、日本語にはぴったりの訳語が見当たらない。ベリーは、日常的にはストロベリー、ブルーベリー、ラズベリーなど、核のない、水分が多く柔らかい食用の小果実の総称である。「実」という訳語は単音節であるため、聴覚的にせりふには無理である。「くだもの」では、大きな果実を思わせる。ここではバイナムが語る、命を支える素朴な小さい実という意味を汲んで「木の実」と訳した。日本語の「木の実」には、桑の実（マルベリー）など、ベリー類も含まれるものの、この語はクルミなどの硬い殻に覆われた実をまず想起させ、みずみずしい実というニュアンスは損なわれる。

＊11 **「どこに行っても金にちゃっかりした」タイプの女**（the kind of woman that "could break in on a dollar anywhere she goes"） 引用符の部分は、ロバート・ジョンソン（1911–1938）の「ウォーキング・ブルース」（"Walking Blues"）の歌詞の一節で、解釈には諸説あるが、どこに行っても抜け目のない女というほどの意味。

＊12 **異言を語る**（speak in tongues） 宗教的なエクスタシーの状態に陥った人が、通常とは異なる、理解し難いことばを発すること。キリスト教では聖霊降臨によって、人がバベルの塔以前の神聖なことばを語ることを指す（新約聖書「使徒言行録」10章44–46節など）。ルーミスは、取り憑かれたようなトランス状態になり、意味不明のことばを発したと思われる。

＊13 **ジョー・ターナー・ブルース**（"Joe Turner Blues"） W・C・ハンディ（1873–1958）が一九五一年にレコーディングしたブルース。十九世紀末、テネシー州知事の兄弟のジョー・ターナー（一説にターニー）

なる人物が、奴隷制廃止後に無報酬で酷使できる労働力を得ようと、路上でサクラを使ってサイコロ博打を行い、そこに集まった大勢の若い黒人男性を逮捕して鎖につなぎ、強制的に自分の農場で働かせたと伝えられている。ハンディは、そのようにして愛する男を連れ去られた女の嘆きをブルースとして歌った。四十の環とは、鎖に取りつけた手錠用の環のこと。

＊14 **クロコゲグモ** ルーベンがクロゴケグモ（Black Widow）に似ているとからかったのに対して、ゾニアはその語を知らなかったのであろう、（Black Window）と間違えながら、言い返した。

＊15 マーサが唱えているのは、「ダビデのうた」（旧約聖書「詩篇」23章1-6節）である。「詩篇」の真珠とも称され、多くの人に愛唱されている詩である。訳文は『文語聖書』（日本聖書協会、一九九九年）を用い、読みやすいように新かなづかいに改めた。詩の背景には、バビロン捕囚の歴史があるとされている。紀元前六世紀、古代イスラエル民族のユダ王国が、新バビロニア帝国のネブカドネザル二世に征服され、住民はバビロニアに連行されて辛苦を味わった。その後、帰還を許された人びとは、エルサレムに神殿を再建し、ユダヤ教団が成立した。マーサがルーミスを落ち着かせるためにこの箇所を唱えるのは、バビロン捕囚とジョー・ターナーに拉致されたルーミスの体験を重ねているからであろう。

「詩篇」では、神は羊飼い、人間は羊に譬えられ、神の見守りによって、人間は緑の牧場で憩うことができると歌い上げられている。それに対してルーミスが語るのは、綿畑での苛酷な奴隷労働の場面である。黒人の縮毛を「羊毛のような髪」と表現して、彼らが白人のキリストに労働に駆りたてられる悲惨な姿を象徴的に描く。また神が持つ鞭は、「詩篇」では狼を追い払って羊を守るための道具であるが、ルーミスは逆に、人間を打ち、支配するための道具として捉えている。ここでルーミスはキリスト教を、黒人に死後の救済を約束するだけで、この世での隷従を強いるものとしている。

上演

一九八四年にユージーン・オニール・シアター・センターで舞台朗読の後、一九八六年四月二十九日、イェール・レパートリー劇場で初演。演出はロイド・リチャーズ。ヘラルド・ルーミスをチャールズ・ダットンが演じた。ボストンのハンティントン劇場、シアトル・レパートリー劇場、ワシントンD・C・のアリーナ・ステージ、サンディエゴのオールド・グローブ劇場での公演を経て、ブロードウェイ初演は一九八八年三月二十七日、エセル・バリモア劇場。ロイド・リチャーズ演出。ルーミス役をデルロイ・リンド、マーサはアンジェラ・バセットという人気俳優が演じた。バイナムはエド・ホール、セスはメル・ウィンクラー、セーリグは、レイノー・シャイン。

劇評家の評価は高かったが、ブロードウェイの商業演劇の観客のなかには難解、長すぎるという批判もあり、上演は六月二十六日まで、一〇五回と比較的短かった。リチャーズは、この劇は観客を、それまで足を踏み入れたことのない所へと導き、深く考えさせる、しかし劇場に来る人びとのなかには、考えることが嫌いな人もいるのだ、と述べている。ニューヨーク劇評家協会最優秀戯曲賞を受賞。

二〇〇九年四月にブロードウェイのベラスコ劇場でリンカーン・センター・シアターのプロダクションとして再演され、好評であった。バイナム役のロジャー・ロビンソンがトニー賞助演男優賞。ウィルソンは生前、作品のニュアンスを十分に理解するアフリカ系アメリカ人の演出家にこだわっていたが、没後のこの公演では、白人の演出家のバートレット・シャーが起用された。アフリカ系アメリカ人初の大統領バラク・オバマが就任後に鑑賞したことでも話題になった。

オーガスト・ウィルソン（August Wilson 1945–2005）　略歴

一九四五年（〇歳）
四月二七日、アメリカ、ペンシルベニア州ピッツバーグ市ヒル地区に、フレデリック・オーガスト・キッテル（長男であった彼は父親と同じ名前を付けられた）として生まれる。父はドイツ系移民の白人のパン職人、母デイジー・ウィルソンはアフリカ系アメリカ人。姉三人、弟二人。父は家族を見捨て、彼は清掃の仕事をする母の手でブラック・ゲットーのなかで育つ。母の再婚で、主に白人労働者階級の居住区へイゼルウッドへ転居し、人種差別を受ける。後にヒル地区に戻る。

一九五九年（一四歳）
ピッツバーグの名門セントラル・カトリック・ハイスクールに入学。クラスで唯一の黒人生徒であった彼は、毎日嫌がらせと脅しを受け、危険な状態になり退学。

一九六〇年（一五歳）
転校したグラッドストーン・ハイスクールでレポート剽窃の嫌疑をかけられ、反発してハイスクールを中退。以後、カーネギー図書館で独学を続ける。

一九六二年（一七歳）
軍隊に入るが一年で除隊。皿洗い、ポーターなど半端な仕事をしながら、一九六〇年代のブラック・アーツ運動に関わる。

一九六五年（二〇歳）
四つのB（ブルース、造形家ロメア・ベアデン、劇作家アミリ・バラカ、アルゼンチンの小説家ホルヘ・ルイス・ボルヘス）の影響を受ける。レコードで聞いたマルコムXの演説に感銘。実父が没し、以後オーガスト・ウィルソンと名乗る。初めて中古タイプライターを買い、詩を書き始める。

一九六八年（二三歳）
詩を雑誌に発表。劇作家ロブ・ペニーとブラック・ホライゾン劇団を創立。

一九六九年（二四歳）
養父デイヴィッド・ベッドフォード没。ネイション・オブ・イスラム信徒のブレンダ・バートンと結婚。長女が生まれるが、一九七二年に離婚。

一九七七年（三二歳）
風刺ミュージカル『ブラック・バートと聖なる丘』（*Black Bart and the Sacred Hills*）を書く。

一九七八年（三三歳）
友人の演出家クロード・パーディの招きでミネソタ州セントポールへ転居し、科学博物館で子供向けの劇の台本書きをする。ピナンブラ劇場で作劇の技法を学び、習作戯曲を書く。

一九八〇年（三五歳）
『ジトニー』（*Jitney!*）で、ミネアポリスの劇作家センターのフェローシップを受ける。

一九八一年（三六歳）
白人のソーシャルワーカー、ジュディ・オリヴァーと結婚。

一九八二年（三七歳）
『マ・レイニーのブラック・ボトム』（*Ma Rainey's Black Bottom*）がユージーン・オニール・シアター・センターの全米劇作家会議に入選し、著名な演出家ロイド・リチャーズと出会う。

一九八三年（三八歳）
母デイジーが肺癌で亡くなる。

一九八四年（三九歳）
『マ・レイニー』がイェール・レパートリー劇場で初演後、ブロードウェイ進出。ニューヨーク劇評家協会賞（ＮＹＤＣＣ）を受賞。その後、『フェンス』（*Fences*, 1985年初演）、『ジョー・ターナーが来て行ってしまった』（*Joe Turner's Come and Gone*, 1986年）、『ピアノ・レッスン』（*The Piano Lesson*, 1987年）、『二本の列車が走ってる』（*Two Trains Running*, 1990年）、『七本のギター』（*Seven Guitars*, 1995年）までの六作をリチャーズが演出し、好評を博す。

一九八六年（四一歳）
『ジョー・ターナー』がイェール・レパートリー劇場で初演後、一九八八年にブロードウェイ初演。ＮＹＤＣＣ受賞。

一九八七年（四二歳）
『フェンス』のブロードウェイ初演で、ピュリッツァー賞、トニー賞、ＮＹＤＣＣなど受賞。年間切符売上げは一一〇〇万ドルで、非ミュージカル部門の記録的な大ヒットとなった。

一九九〇年（四五歳）
『ピアノ・レッスン』でピュリッツァー賞など受賞。二度目の結婚に終止符、シアトルに転居。

一九九四年（四九歳）
コロンビア出身の衣裳デザイナー、コンスタンザ・ロメロと結婚し、二女が誕生。

一九九五年（五〇歳）
『ピアノ・レッスン』のテレビ版（ウィルソン脚本、リチャーズ演出）がＣＢＳテレビで放映される。

一九九六年（五一歳）
全米劇場連絡機構の第一一回全米会議で基調講演「私が拠って立つ処」（"The Ground on Which I Stand"）を行う。

一九九七年（五二歳）
黒人の演劇活動について、ハーバード大学のロバート・ブルースティンと公開討論会。

一九九九年　（五四歳）

『キング・ヘドリー二世』（*King Hedley II*）がピッツバーグのオライリー劇場で初演。

一九九〇年代、ウィルソンはアメリカでもっとも上演回数の多い劇作家となる。

ナショナル・ヒューマニティ・メダルをクリントン大統領より授与される。

二〇〇〇年　（五五歳）

改訂版『ジトニー』がマリオン・マクリントン演出でオフ・ブロードウェイで初演。NYDCC受賞。

二〇〇二年にロンドンのオリヴィエ賞受賞。

二〇〇三年　（五八歳）

『大洋の宝石』（*Gem of the Ocean*）シカゴ初演。ワンマンショー「私の学んだこと、学び方」（"How I Learned What I Learned" 自叙伝風のトーク）をシアトルで演じる。

第一〇回ハインツ賞（芸術・人文部門）を受賞。

二〇〇五年　（六〇歳）

『ラジオ・ゴルフ』（*Radio Golf*）をイェール・レパートリー劇場で初演し、ピッツバーグ・サイクルを完成。

一〇月二日　肝臓癌のためシアトルで亡くなる。享年六〇。偉業を讃えてブロードウェイのヴァージニア劇場がオーガスト・ウィルソン劇場と改称。

二〇〇七年

アメリカ演劇への貢献により、演劇殿堂のメンバーに加えられる。

二〇〇八年

三月～四月、ワシントンD・C・のケネディ・センターで全一〇作の舞台朗読。総芸術監督ケニー・レオン。

二〇一〇年

『フェンス』のブロードウェイ再演で、三部門のトニー賞（最優秀リバイバル作品賞、デンゼル・ワシントンが主演男優賞、ヴァイオラ・デイヴィスが主演女優賞）を受賞。

二〇一三年

八月〜九月、ニューヨーク・パブリック・ラジオのグリーンスペースで、全一〇作の公開録音。総芸術監督ルーベン・サンチャゴ＝ハドソン。

ピュリッツァー賞二回（『フェンス』、『ピアノ・レッスン』）、トニー賞（『フェンス』）、ニューヨーク劇評家協会賞七回など数々の演劇賞を受賞。ジェローム、ブッシュ、マックナイト、ロックフェラー、グッゲンハイム、ハインツ財団のフェローシップを受ける。

図11　ピッツバーグ・パブリック・シアターの『フェンス』のセット。右から二人目がウィルソン、三人目は演出家マリオン・マックリントン。(1999年)

図13　2009年３月、リンカーン・センターがプロデュースした『ジョー・ターナー』再演の冊子。

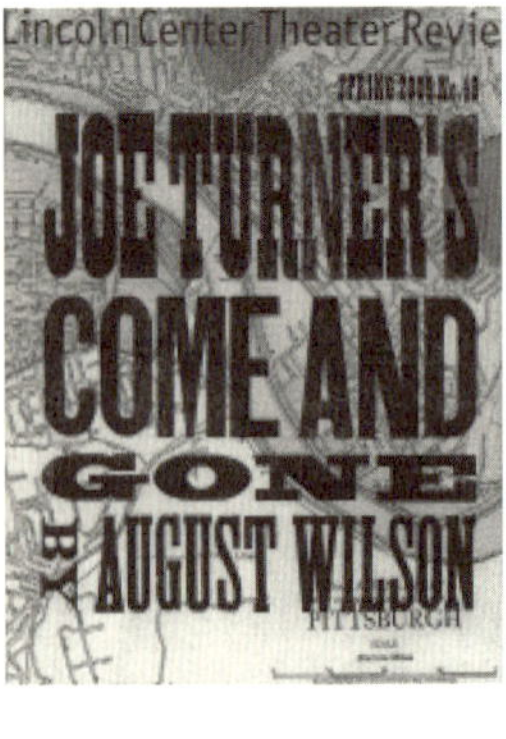

図12　2002年10月、セントポールのピナンブラ劇団創立25周年記念の『ジョー・ターナー』の公演プログラム。

図14　ヒル地区のマニラ・ストリートとウエブスター・アヴェニューが交差する角。セスの下宿屋は、ここから見える位置にあると設定されている。左手の半円形はシヴィック・アリーナの屋根で、現在は取り壊された。(2009年9月)

図15　『ジョー・ターナー』上演中のベラスコ劇場。(2009年3月)

図16　ヒル地区ベッドフォード通り1727番地のウィルソンの生家。道路に面している部分はベラのマーケットで、その裏側のアパートに一家は住んでいた。（2008年９月）

図18　生家の正面に建てられたウィルソンの経歴を記した標識。（2009年９月）

図17　外階段を上ったところが生家の入り口。

図19、図20　シアトルのウィルソン事務所。（1998年３月）

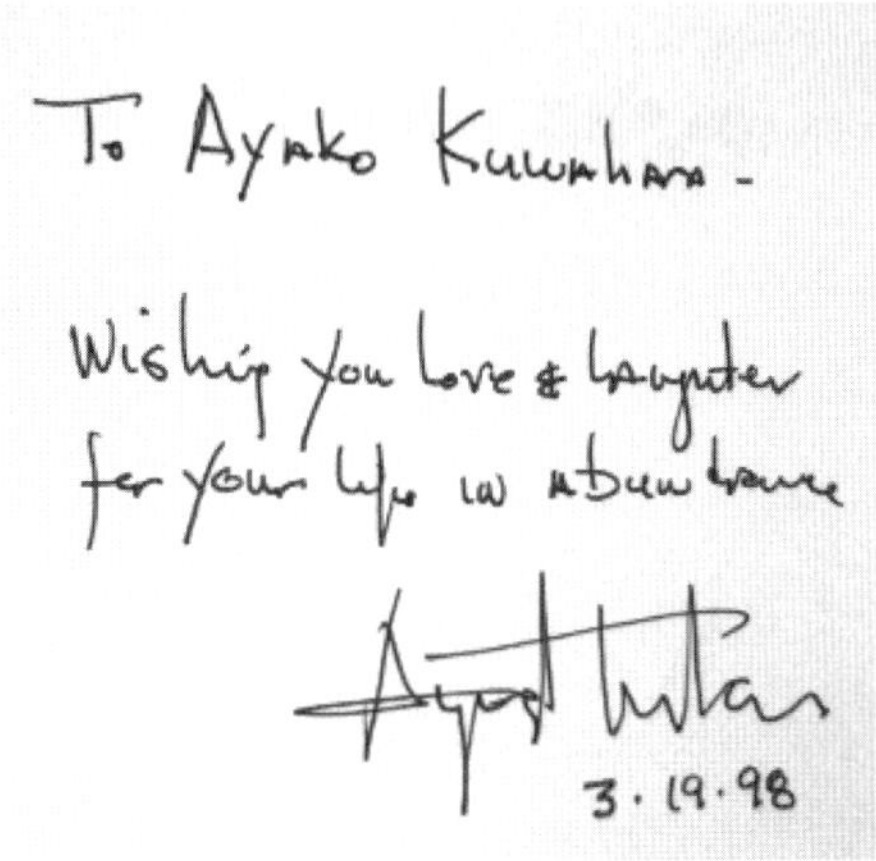
To Ayako Kuwahara -
Wishing you love & laughter
for your life in abundance
3.19.98

図21　ウィルソンの「愛と笑いを」のメッセージ。

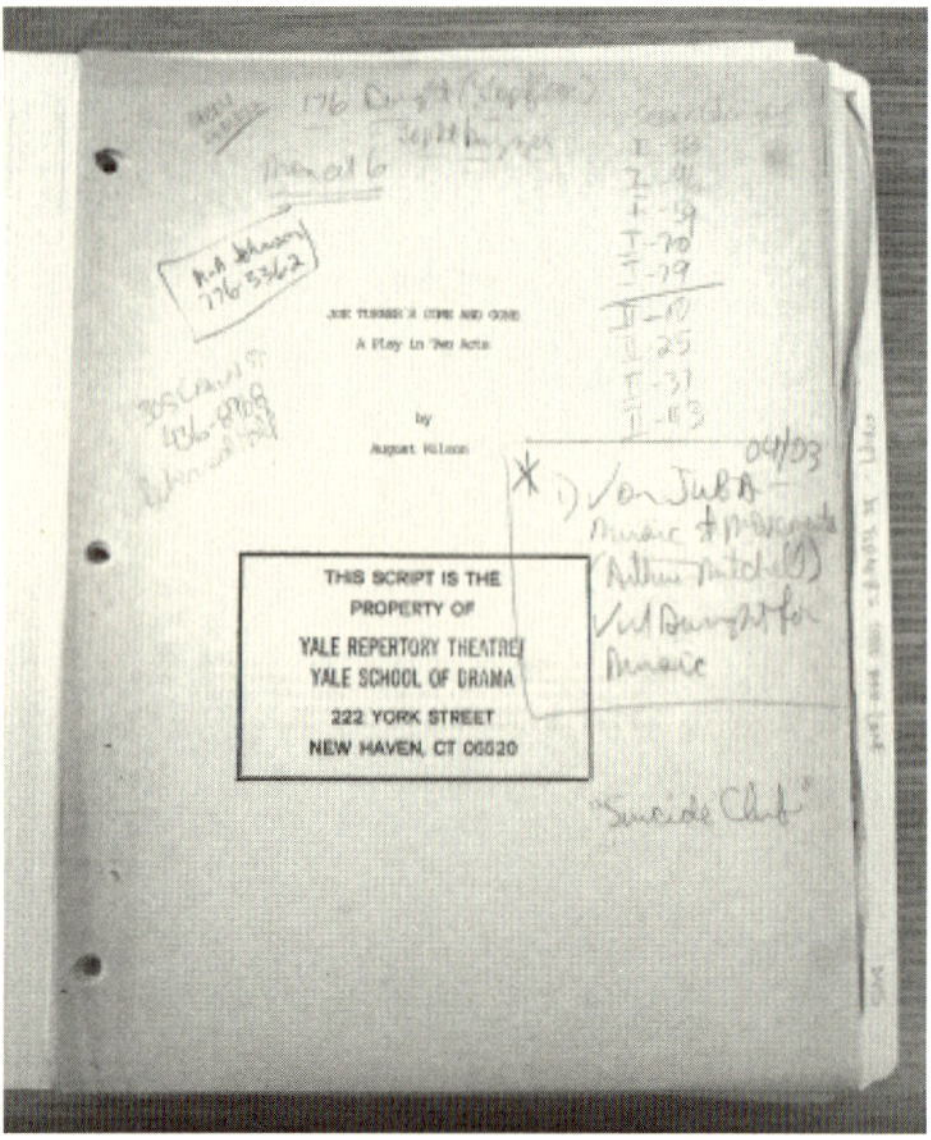

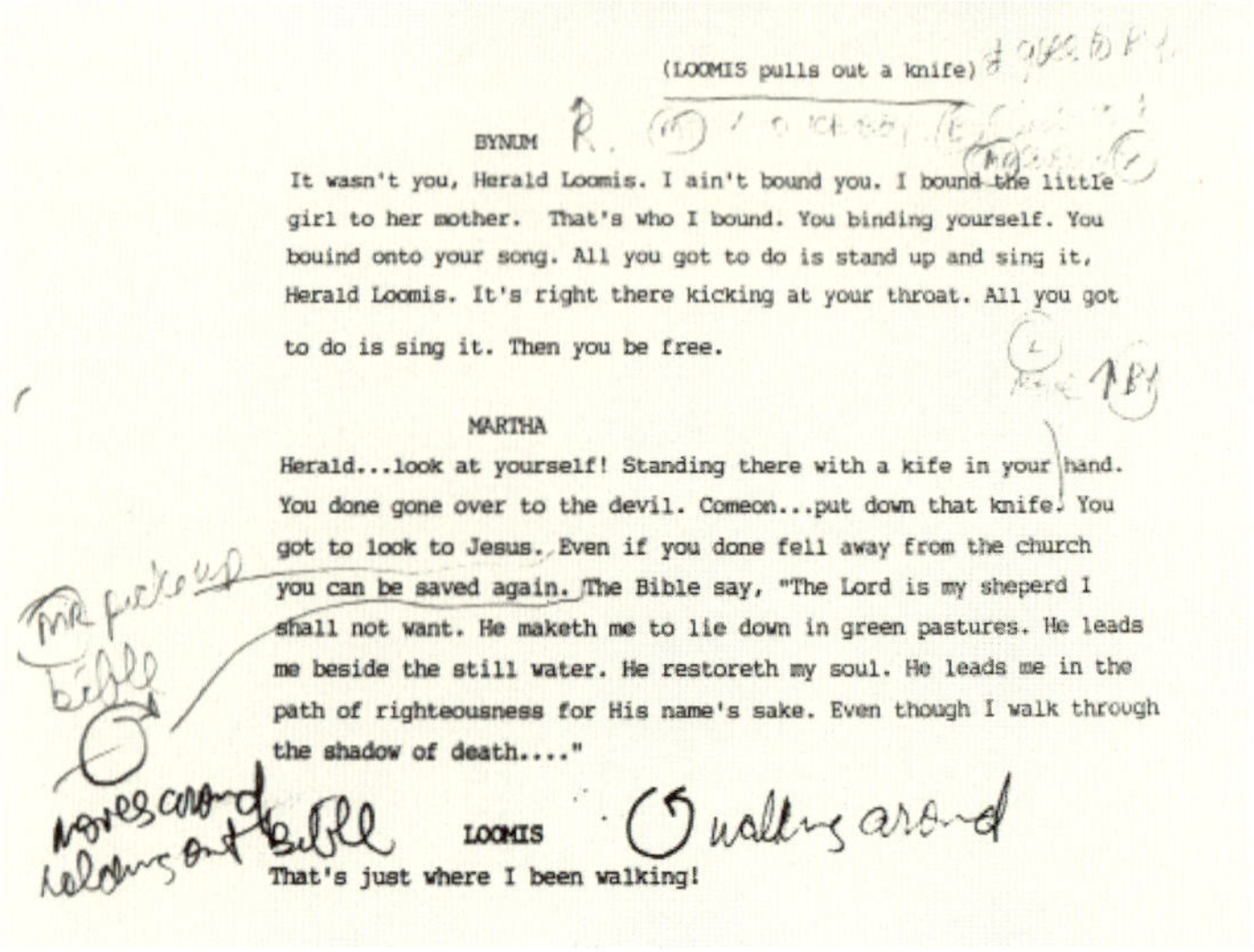

(LOOMIS pulls out a knife)

BYNUM

It wasn't you, Herald Loomis. I ain't bound you. I bound the little girl to her mother. That's who I bound. You binding yourself. You bouind onto your song. All you got to do is stand up and sing it, Herald Loomis. It's right there kicking at your throat. All you got to do is sing it. Then you be free.

MARTHA

Herald...look at yourself! Standing there with a kife in your hand. You done gone over to the devil. Comeon...put down that knife. You got to look to Jesus. Even if you done fell away from the church you can be saved again. The Bible say, "The Lord is my sheperd I shall not want. He maketh me to lie down in green pastures. He leads me beside the still water. He restoreth my soul. He leads me in the path of righteousness for His name's sake. Even though I walk through the shadow of death...."

LOOMIS

That's just where I been walking!

図22、図23
『ジョー・ターナー』のイェール・レパートリー劇場初演時の上演台本の、表紙と終幕の部分。The Archie Givens, Sr. Collection of African American Literature, University of Minnesota 所蔵。

Sources of Illustrations

Carnegie Library of Pittsburgh: 1, 2 [Photo by Abram M. Brown, 1906.], 3, 4, 5, 6, 7.

The Cotton Museum, Memphis : 8.

Pittsburgh Post-Gazette : 11 [Photo by Bill Wade, 1999.]

上記以外は訳者撮影。

訳者あとがき――オーガスト・ウィルソンのピッツバーグ・サイクル

ピッツバーグ・サイクルの完成

一九八四年に『マ・レイニーのブラック・ボトム』でさっそうとアメリカ演劇界に登場したオーガスト・ウィルソンは、精力的に作品を発表して数々の演劇賞に輝き、アメリカ演劇を代表する劇作家の一人としての地位を築いた。ピッツバーグ・サイクル、あるいは二十世紀サイクルなどと呼ばれるウィルソンの十本の戯曲は、アフリカ系アメリカ人の視点から二十世紀のアメリカ史を綴る年代記である。一九〇〇年代から一九九〇年代までを十年ずつに区切り、各年代の出来事を描いている。二〇〇五年四月、最後の『ラジオ・ゴルフ』がイェール・レパートリー劇場で上演され、二十年あまりを費やしたこの壮大なプロジェクトはようやく完成をみた。それから三か月もたたないうちに、ウィルソンは手術不能の末期肝臓癌という思いもかけない診断を下されることになる。病気を押して、彼はなおも『ラジオ・ゴルフ』の改訂を続け、二〇〇五年十月二日、シアトルで六十歳の生涯を閉じた。

劇作家としてのウィルソンの生涯をふり返ると、三十九歳という比較的遅いデビュー以来、全力で走り続けた姿が浮かぶ。一作だけで消えてゆく劇作家になるまいと、サイクル完成に心血を注いだのである。あくまでも舞台での活動にこだわった彼は、ハリウッド映画界と関係を持とうとせず、商業演劇のメッカ、ニューヨーク近郊に住むこともせず、アメリカ人としては稀なことだが、終生車の運転をせず、ゴルフもせず、映画、芝居さえもほとんど見なかった。シアトルの自宅では、地下の書斎に籠もり、インスピレーションの源であるブルースを流し、気晴らしに傍らに吊るしたサンドバッグを叩きながら、執筆に専心したという。

ウィルソンの作劇法はコラージュ造形家の手法に似ており、基幹となるモノローグやたくさんのアイディアが集まった混然とした状態から始まり、次第に構成を整えて、いわば背骨が通った作品にまとめてゆく。書き上げたばかりの作品は、ほとんどの場合、上演時間がゆうに四時間を越えるほど長かったが、彼は地方劇場でのトライアウト公演を通して冗長な部分を削り、必要なせりふを書き足して、登場人物の輪郭を鮮明にし、テーマを明確にしていった。約一年をかけて主要な地方劇場を回りながら作品の完成度を上げたうえで、ブロードウェイ公演にもっていく、という独自の行程をくり返した。彼は頑固と言ってもよいほど自分の信念を貫き、一作の完成までに非常に長い時間をかけた。そのようにしてピッツバーグ・サイクルを完成させたのである。

ピッツバーグ・サイクルが扱うのは、北部都市における人種の壁、失業、貧困、黒人同士の暴力や殺人など、奴隷制廃止以降、黒人たちが体験した苦難の歴史である。レイシズムにさらされる登場人物の日常は、危険や挫折に満ちている。ウィルソンはそれでもなんとかして苦悩を希望に変えて、一歩前に進もうとする人びとの粘り強さを描いて、ユーモアと詩情がただよう作品に仕上げている。彼はしばしば部族の歴史を口承で伝える西アフリカの語り部、グリオにたとえられるが、そのサイクル劇は、主流社会の白人が書いた歴史の中では周縁に押しやられてきた黒人の二十世紀の道程を紡ぎ出す。彼は語ることばをもたなかった先祖や同胞の物語を語り聞かせるのである。

小説、詩という形式においては黒人の創作はすでにアメリカ文学のなかに一つのジャンルを確立して久しいが、舞台での上演を前提とした戯曲の場合は、伝統的に白人が牛耳ってきたアメリカ演劇界で黒人の劇作家が認められるまでには多くの時間を要した。長い間アメリカ演劇での黒人の役割は、白人の観客の娯楽として、彼らが求めるステレオタイプの役柄を提供することであった。ミンストレルショーでは黒塗りの白人が、戯画化された愚かで、陽気な黒人を演じたが、そのイメージを黒人の役者までもなぞることで観客を満足させたのである。

ブロードウェイで最初にロングランとなった黒人劇作家の作品は、ラングストン・ヒューズの『ムラトー――深南部の劇』（一九三五年）であった。三七三回の上演数を記録したものの、観客のうけを狙ったプロデューサーによって、センセーショナルな場面を加えて大幅に書き換えられたものであった。ロレイン・ハンズベリーの『日向の干しブドウ』（一九五九年）は、舞台のステレオタイプの黒人像を打ち砕き、黒人の暮らしと彼らの夢を正面から描いてヒットした画期的な作品であるが、彼女は三十四歳の若さで亡くなった。演出を担当したのはブロードウェイで初の黒人の演出家、ロイド・リチャーズで、のちにウィルソンを発掘することになる。

公民権運動、つづくブラックパワー運動によって社会における黒人の位置や意識に大きな変化が起きた。それにともなって、一九六〇年代から七〇年代には黒人の生活や歴史をテーマに、黒人の手で、黒人の観客のために上演するという黒人の演劇活動が活発に展開された。ジェームズ・ボールドウィン、アミリ・バラカは、舞台を通して人種差別の告発、抗議を行った。TDR「ザ・ドラマ・レヴュー」誌は一九六八年夏号で黒人演劇特集を組み、バラカ（当時はリーロイ・ジョーンズと称していた）、ラリー・ニール、ソニア・サンチェズ、エド・ブリンズ、ロン（ロナルド）・ミルナーなどの作品が掲載された。ヒル地区に住んで詩を書いていた若いウィルソンは、バラカのプロテスト演劇から影響を受けていたが、この特集号によってはじめて黒人の戯曲がまとめて印刷物となったのを見て、大きな刺激を受けた。一九六八年に彼は仲間とブラック・ホライゾン劇団を創設し、地域の学校の講堂でこれらの黒人演劇を上演して、演出を担当していた。

彼の劇作家としての本格的なスタートは、一九八〇年代半ばになってからである。彼は三十三歳で故郷ピッツバーグを離れ、ミネソタ州のセントポールに転居して、ピナンブラ劇場で劇作の技法を基本から習得した。新人劇作家の登竜門であるユージーン・オニール・センターの全米劇作家会議に応募して、幸運にもリチャーズに才能を認められた。オニール・センターとイェール・レパートリー劇場の芸術監督、イェール大学スクール・オヴ・ドラマの学長であり、経験豊富なリチャーズから、ウィルソンは舞台や作劇法について多くを学んだ。デビュー作から一九九六年の『七本のギター』のブロードウェイ公演まで、ウィルソンとリチャーズのコンビは息のあった活動を展開し、みごとな成果を上げることになる。

ウィルソンは複雑で豊かな黒人の体験を、語り、音楽、踊りという彼らの文化遺産を活用して表現し、高い芸術性をもつ、個性的な作品世界を創造した。作品は特定の時代と社会における黒人固有の問題を扱いながら、人種を超えて人間存在の根源に迫る普遍性を獲得した。ウィルソン劇の核となるのは、芸術作品の永遠のテーマである、人間の愛、名誉、義務、裏切りであり、その舞台は幅広い層の観客に感動と笑いを与え、一九九〇年代には全米でもっとも上演回数の多い劇作家となったのである。ウィルソンの『ジトニー』を演出したマリオン・マクリントンは、オーヴァールック・プレス版のテクストに寄せた序文で、「オーガスト・ウィルソンはグリオであり、われらのホメロスであり、われらのシェイクスピアであり、そして知っておくべき物語を玄関のポーチに座って語り聞かせてくれる、われらの祖父でもある。これらの物語をわれわれは必要としているのだ」と記している。

また、ウィルソンが黒人劇作家の立場から、アメリカ演劇界における人種の問題について率直な勇気ある意見表明を行ったことも記憶される。一九九六年の第十一回全米劇場連絡機構（シアター・コミュニケーションズ・グループ、ＴＣＧ）全米会議で行った彼の基調講演「私が拠って立つ処」は、熱い論議を呼んだ。黒人の権利拡張を主張するレイス・マンを自認するウィルソンは、深い怒りと哀しみをもってアメリカ演劇界の大御所、ロバート・ブルースティンを批判し、ヨーロッパ中心の価値観から多文化主義への移行、マイノリティの演劇活動に対する平等な助成の要求、一目で分かる肌の色を度外視したカラーブラインドのキャスティングの否定など、果敢な発言をした。

彼は演劇人として自分の成功だけを考えるのではなく、財政難に苦しむ黒人演劇人の活動を活性化させ、ともに前進する意図を明確にしている。ピッツバーグ・サイクルは、じつに九作がブロードウェイで上演された。アフリカ系アメリカ人の作品といえば、毎年二月の黒人史月間に上演されることが多いのだが、ウィルソン劇は年間を通して現在も全米各地でくり返し上演されている。ウィルソンの活躍は、黒人の俳優、劇作家、演出家などの演劇関係者たちが、誇りをもって仕事をする機会を増すことに大きな貢献をしている。

創作の源泉、ピッツバーグ市ヒル地区

ピッツバーグ・サイクルは、『マ・レイニー』を除く全作が、ペンシルベニア州ピッツバーグ市の黒人居住区、ヒル地区を舞台としている。ウィルソンはその理由を、一番よく知っている場所であり、住民の独自の生活や文化を記しておきたかったからだと述べている。彼はドイツ系移民の白人を父に、ノース・カロライナ出身の黒人を母として、一九四五年にヒル地区で生まれた。父はほどなく家族を捨てた。ウィルソンの生物学的父親は白人であったが、生活をともにする身近な存在ではなかった。彼は清掃の仕事をし、福祉手当を受ける母親の手で、ブラック・ゲットーのなかで育てられた。彼の生活習慣、美意識、バックボーンとなる世界観はアメリカ黒人の文化的伝統のなかで培われた。

二十世紀前半のヒル地区は、南部から移住したアフリカ系のほかに、移民してきたユダヤ系、アイルランド系、イタリア系など、多様な民族的マイノリティが混在する多人種・多文化の活気ある地域であった。ここはアメリカ有数の黒人文化の発信地として繁栄していた。しかしピッツバーグ・ルネッサンスと呼ばれる都市再開発の一環として一九五六年から一帯の建物が取り壊され、さらに追い打ちをかけるようにキング牧師暗殺直後に暴動が起きて、コミュニティは崩壊し、地域は荒廃の一途をたどった。

ウィルソンは住人としてその一部始終を見ていた。彼にとってピッツバーグは、極貧の子供時代から、酷い人種差別を体験した学校時代、ブラック・アーツ運動に熱心にかかわった青年時代、最初の結婚に破れるまでの三十三年間を過ごした、忘れ難い故郷であった。カーネギー図書館、男たちがたむろするヒル地区のタバコ屋、床屋、カフェ、街角が、独学の彼の大学であった。父親のいない彼は、

町の人びとを観察し、その会話にじっと耳を澄ましながら、大人の男になっていったが、この時の体験が、劇作家ウィルソンの人物造型、せりふ作りにおおいに役立っている。ヒル地区は、ウィルソンにとって汲めどもつきない創作の源泉であった。

ウィルソンが描くヒル地区は、しばしばトマス・ハーディのウェセックス、フォークナーのヨクナパトーファ郡、ブライアン・フリールのバリーベッグと比べられるが、ウィルソンの場合、特筆すべきは、それが架空の空間ではないという点である。『ジョー・ターナー』に出てくる地名も実在のもので、マニラ通り《ストリート》、ワイリー通り《アヴェニュー》、ベッドフォード通り《アヴェニュー》への言及から、セスの下宿屋もおよその位置が推測できる。ウィルソンは自身の記憶に残ったヒル地区の風景、そしてその変貌を、作品のなかで忠実になぞっているのである。ピッツバーグ・サイクルはヒル地区のわずか一マイル四方ほどの空間に設定されている。サイクルは一家系を描く年代記ではないが、ヒル地区という舞台を共有することで、サイクルとしての統合を確かなものにしている。さらにいえば、ウィルソンのヒル地区はピッツバーグに実在する特定の場所であると同時に、アメリカ各地に存在するブラック・ゲットーの表象にもなっている。ピッツバーグ・サイクルは黒人居住区とその住民が、二十世紀の百年間に体験した大きな社会変化を映し出しているのである。

劇評家クリストファー・ローソンは、地元のピッツバーグ・ポスト・ガゼット紙で、「二十四年間で十本の戯曲とは、芸術の勝利であり、勤勉な努力がなし遂げた驚異であるが、それだけではなくサイクルは、その構想、規模、結束性という点でアメリカ演劇界に先例を見ないのである」とウィルソンの前人未踏のサイクル劇完成という成果を称賛している(1)。

『ジョー・ターナーが来て行ってしまった』と大移住の時代

この作品は、一九一一年八月に設定されている。二十世紀初頭から、解放された元奴隷たちが、自由と平等を夢見て、人種差別の厳しい南部の農村から北部の工業都市へと大挙して旅に出た。劇はこの大移住《グレイト・マイグレイション》と呼ばれる広範な人口移動を扱っている。ウィルソンらしい調子の張った劇の序文は、この時代の鉄鋼の町ピッツバーグの活気を、擬人法を用いて描き出している。ピッツバーグは「スリー・リヴァーズ」の愛称のとおり、三本の川が集まる街である。アレガニー川とモノンガヒーラ川が合流してオハイオ川となるのだが、川に囲まれた三角州の丘を少し登ったあたり、それがサイクルの舞台のヒル地区である。さまざまな過去を背負った人びとが、遠い南部からここに流れ着き、また去っていく。セスと妻バーサが経営する下宿屋は、そのような人びとが束の間、憩う場所となっている。彼らはバーサが淹れるコーヒーを飲み、フライド・チキンや焼き上がったばかりのビスケットに舌鼓を打つ。下宿で繰り広げられる日常生活は、食べものの匂いが漂ってきそうなほど、生き生きと写実的に描写されている。

劇は下宿のパーラーという空間を舞台に、約二週間という時間に圧縮して、奴隷解放後の混迷の時代を生きる黒人たちの姿を浮かび上がらせる。呪術師、恋の悩みを抱えた女、南部から出てきたばかりの若者、大人になりかかる少年と少女など、登場人物はそれぞれ個性的に描かれている。落ち着きなく放浪する男女とは対照的に、安定した経済基盤に立つセスは資本主義的な発想をする。この劇は、セスの下宿屋に自由に出入りする人物たちが織りなす複数の物語が並置される群像劇であり、プロットは彼らのエピソードをつなぎながら展開する。大ヒットとなった前作『フェンス』は、トロイ・マクソンという一人の巨大な主人公をプロットの中心に据えた西欧のアリストテレス風の劇構造であったが、サイクル全体を眺めると、じつは『フェンス』が例外であり、ウィルソン劇の基調となるのは、人物造型に力点を置いた、非直線的展開の群像劇なのである。

ロメア・ベアデンとブルース

劇の着想をウィルソンは、造形家ロメア・ベアデンのコラージュ「工場労働者の弁当入れ《ミルハンズ・ランチ・バケット》」から得た。劇は初案ではベアデンと同じタイトルであった。ウィルソンは絵の中央にうつむいて座る男の孤独な姿に強く印象づけられ、ルーミスのイメージを得たのだという。下宿屋の主人夫婦の名前は、ベアデンのコラージュ「ミス・バーサとミスター・セス」から取ったものである。さらにW・C・ハンディの「ジョー・ターナー・ブルース」からルーミスの経歴を思いついた。このほかにも、取り憑かれたように旅を続けるルーミス像は、ロバート・ジョンソンの「ヘルハウンド・オン・マイ・トレイル」で「休まず先へ進まなくちゃなんねえ／ブルースが雹みたいに降ってくるんだ」と歌われている地獄の番犬に追われる男を彷彿とさせる。マティやジェレミーのせりふからも、さまざまなブルースの歌詞が浮かんでくる。ウィルソンは創作に大きな影響を受けたものとしてブルースを挙げて、ブルースこそアメリカ黒人の考え方、感情、生きる姿勢を記録し、生きた形で伝える、黒人が誇るべき最高の文学であるとしている。彼の作品はブルースが歌い上げる情感に裏打ちされていると言ってもよいだろう。

ルーミスが拉致されてジョー・ターナーの鎖につながれた七年間は、故郷アフリカから根こそぎ引き抜かれ、アメリカで奴隷とされた黒人たちの四百年の象徴である。さらに解放後にジム・クロウ法が施行され人種隔離が行われる南部を離れることで、彼らは奴隷時代に築き上げた文化や伝統からも切り離された。たどり着いた北部都市で待ち受けていたのは、敵意に満ちた視線と差別、貧困であった。存立基盤を失い、根無し草の状態になった彼らにとって、未来へ前進するためには、奴隷制という過去を克服し、アメリカ社会で自分が占めるべき位置を確認することが必要となる。生き別れとなった妻を捜すルーミスの旅は、奴隷制によって断ち切られた自らの歴史と奪われたアイデンティティを探して、過去と現在との調和を模索する大移住の時代の黒人の動向と重なる。ルーミスという個人の体験は、アフリカ系アメリカ人という集団の体験の表象となるのである。

恐怖の中間航路と「骨の人びと」の幻影

劇は冒頭のバイナムが行う鳩の生贄という呪術の描写から始まり、「輝く男」がバイナムにほどこした血による洗礼、中間航路の「骨の人びと」の幻影を経て、ルーミスが自らの血で清めることで締めくくられる。全編は血と骨という起爆力のある心象を用いた、みごとなイメージの連鎖によって統合されている。

圧巻は、ジューバの熱狂の後に展開されるバイナムとルーミスの掛け合いの場面である。ルーミスはバイナムに導かれて、「骨の人びと」が海底から立ちあがるという幻影を見ることから、新生への手がかりをつかむ。この幻影から想起されるのは、三角貿易の一辺をなす、中間航路と呼ばれる大西洋横断の奴隷船の航海である。黒人たちはアフリカ西海岸から奴隷船の船倉に隙間なく詰め込まれて、西インド諸島やアメリカへと輸送された。想像を絶する航海の途中で、約三分の一が、死んだり病気になって海に投げ捨てられ、また絶望のあまり身を投げたという。中間航路が世界最大の墓標のない墓場と言われるゆえんである。アフリカ系アメリカ人の歴史の原点ともいうべき奴隷貿易という過去を舞台化するために、ウィルソンはアフリカから伝えられ、黒人教会で育まれた「呼びかけと応え《コール・アンド・レスポンス》」という技法を用いた。コール・アンド・レスポンスとは、礼拝中に牧師の「呼びかけ」に対して会衆が「応える」ことで信仰の絆を確認する、説教や讃美歌の表現形式である。ルーミスとバイナムの緊迫感に満ちたコール・アンド・レスポンスによって、観客の脳裡には、中間航路に沈んだ黒人たちの霊が、時間、空間を越えて、眼前に出現するかのような情景が鮮やかに映し出される。

ウィルソンは旧約聖書「エゼキエル書」、ヘンリー・デュマスの短編「骨の箱舟《アーク・オヴ・ボーンズ》」、また人骨や死体の復活をめぐるさまざまな黒人民話などのモチーフを、奴隷貿易の歴史と結びつけて、この戦慄の場面を仕上げた。ルーミスとバイナムの掛け合いがもつイメージ喚起力は、彼の作品のなかでも群を抜いている。ウィルソン自身は、この場面を書き上げた深い満足感を、たとえ明日死んでも、芸術家として満足であり、もっとも気に入っている作品だとリチャード・ペテンギル、またジョウン・ヘリントンのインタヴューなどでくり返し語っている[2]。

従来のブロードウェイの芝居であれば、捜していた妻との再会で大団円を迎えるところであるが、ウィルソンの劇はそこでは終結しない。「骨の人びと」を幻視することで、自身のルーツであるアフリカ、また奴隷船で運ばれた祖先との関連を意識するようになったルーミスは、終幕で、妻が盲信するキリスト教を白人の宗教であると否定する。彼は外から与えられる救いではなく、自分自身の内部に解決を求めて、キリストの代わりに自分の胸を切って、その血で自身を清めるのである。ジョー・ターナーの鎖が象徴する白人の呪縛を自らの意志で断つことで、彼はようやく自己解放を遂げる。ルーミスの新生は、一幕の終わりに立てなかった彼が、幕切れで自身の足で立つことで示されていると言えよう。そのようなルーミスの中に、バイナムは捜していたもう一人の「輝く男」を見ることになる。

ただし、終幕のルーミスが自分の歌を見つけて新生を遂げたことは、ト書きに記されているだけで、はっきりとしたせりふとしては語られていない。舞台で演じた場合、ト書きの内容は、演出とルーミス役の俳優の演技によって観客に伝えるほかはないのである。このあたりに、観客を戸惑わせ、初演時には難解と批評された原因があると思われる。

アフリカ系アメリカ人の独創的な劇世界

劇が設定された二十世紀初頭は、黒人の生活にはいまだに奴隷制の影が色濃く残り、アフリカから携えてきた儀式や慣習が守られ、霊的世界と現実世界が混然としていた。彼らの精神世界に、神秘主義が大きな部分を占めていたのである。ウィルソンは、登場人物はアメリカ黒人であり、英語を話してはいるが、じつは彼らの世界観はアフリカのものであると語っている。バイナムの鳩の血、薬草を用いた呪術、アフリカに由来するジューバなど、劇には黒人の故郷、アフリカとつながる要素がふんだんに盛り込まれている。このアフリカ的要素は、ちょうど聖書とアフリカのリズムが融合して生まれたゴスペル・ソングのように、アメリカの生活のなかでキリスト教と習合し、変化したものである。

ブードゥーの呪術師であるバイナムのせりふに多くの聖書からの引喩があり、逆に熱心なキリスト教徒のマーサがバイナムの呪術に頼っているように、ここには、アメリカの地で独自の発展を遂げたアフリカ系アメリカ人の固有の文化体系が示されている。

劇の展開は現実的なセスと、不思議な呪術師バイナムという対照的な二つの視点からコメントされるが、次第にバイナムの役割が重要性を帯びてくる。彼は深い洞察力をもつブードゥーの司祭として、ジョー・ターナーによる拘束の後遺症に苦しむルーミスを、肉体と精神の再生へと導く。その過程は、「自分の歌」の発見というメタファーで表現され、象徴性に富んだ舞台は、神秘的な儀式の様相を呈している。アフリカ的な智恵を体現する呪術師としてのバイナムの使命は、これ以後、サイクル劇の核であるシャーマン、エスターおばさんに引き継がれていく。

またバイナムは、すぐれたストーリーテラーとして、「輝く男」との出会いをはじめ、さまざまな不思議な物語を語り聞かせる。ここで用いられる「語り」の手法は、アフリカからもたらされ、南部の農園で育まれた口承の伝統《オーラル・トラディション》に則ったものである。語りによって、舞台で展開される進行中の現在の背後に、過去の逸話や、寓意的なたとえ話という物語の世界が折り重なる重層的な構造を持つことになる。耳から情報を伝える語りの常として、彼のせりふは単純な単語で構成され、同じフレーズをジャズのリフのように何度もくり返す。メタファーを多用した長いモノローグは、深遠な象徴性を帯びている。ウィルソンは、リアリズムで描かれる下宿の日常的な暮らしのなかに、呪術的な儀式という非日常が組み込まれた、西洋とアフリカが融け合った独創的な世界を構築した。

デイナ・A・ウィリアムズらのインタヴューでウィルソンは、自身の代表作といえるのは

『ジョー・ターナーが来て行ってしまった』であり、他の劇のアイディアのほとんどがこの一作に含まれている、と語っている。(3) サイクルで一貫して問われているのは、奴隷の子孫であるアフリカ系アメリカ人は、新しいアメリカ市民として生きてゆくために、どのようにして奪われたアイデンティティと自己尊厳を回復するのか、という問題である。劇の序文でウィルソンは、人びとが自身を「確かな、真実の価値がある、自由な人間としての新しいアイデンティティに作り上げる方法」を模索していると述べている。彼はアフリカ系アメリカ人にとって奴隷制時代はけっして恥じて忘れるべき過去ではなく、強靱な精神と肉体と気骨をもって苛酷な歳月を生き延びたことの輝かしい証拠であり、祖先たちの労苦はアメリカの発展に貢献したと語る。そして現代に生きる子孫たちはその歴史を知り、先祖との絆を確認することによって、奴隷制時代に植えつけられた劣等感、自己憎悪から解放され、人種や文化に誇りを持てるようになる、と説く。過去を正しく認識したうえでアフリカ系アメリカ人としての存立基盤を確立し、自己を肯定することで、アメリカ社会の一員としての責任を引き受けて、胸を張って未来に向かって生きてゆけるのだ、という熱いメッセージが作品には込められている。

ピッツバーグ・サイクルが完成して、その全貌を俯瞰することができるようになった。ウィルソンは黒人の四百年の歴史と文化を描いて、アメリカ演劇に新しい領域を開拓した。十本の作品はそれぞれに魅力的であるが、『ジョー・ターナー』はその内容および表現形式の独創性、なによりも、せりふの密度の濃さと清新な詩情においてサイクル中の最高傑作と思われる。それのみならず、二十世紀アメリカ演劇を代表する戯曲の一本としても高く評価されよう。

翻訳にあたっては、*Pittsburgh Post-Gazette* 紙の劇評家 Christopher Rawson 氏にウィルソンとピッツバーグについて、英語表現について法政大学教授 Jon M. Brokering 氏、立教大学教授 John Dorsey 氏に親切に教えていただいた。また現代演劇研究会の方々にもお力を賜った。ここに厚くお礼を申し上げたい。

リハーサルの折ウィルソンは、目をつぶって座っていて、寝ているのかと思うと、役者がせりふをほんのわずかでも言い間違えると、たちまち目を開けてじろりと睨んだという。ドラマターグを務めたことのあるマイケル・ファインゴールドも、ウィルソンは小さな単語でも、強くこだわったと伝えている。彼が書くせりふは黒人の日常会話をそのまま切り取ってきたような口語と言われている。標準的な語法とは異なる黒人の口語だからといって、妙に乱暴な口調、あるいは、無理にどこかの方言に翻訳することは不自然だと思う。ウィルソンのせりふは、たとえばデイヴィッド・マメットの機関銃のような鋭い口語と比べると、穏やかでユーモアがあり、口調が丁寧である。詩人として出発した彼のせりふは、巧みな比喩、詩的な心象に富むことで定評があるが、とりわけ、この作品は、みずみずしいメタファーに彩られ、軽快なリズムをそなえている。なかでも呪術師バイナムのせりふは、人生についての含蓄ある教えを、たとえ話を通して語っている。これを文字通りに訳せば、日本語として意味が通りにくくなり、また分かりやすさを求めて合理的な解釈をしすぎれば、限定的になって内容を部分的にしか伝えないことになる。ふさわしい日本語に置き換えるのはまさに至難の業である。

ここでは、舞台で聞き取りやすい上演台本を目指すというよりは、ことばに強いこだわりを示すウィルソンのテクストに忠実に訳すことを心がけた。すでに訳したウィルソンの三作より、はるかに困難な、しかし楽しい作業であった。終幕のバーサの「この世で必要なものは愛と笑い《ラヴ・アンド・ラーフター》、それだけ」というせりふから、かつてウィルソンにシアトルの事務所でお会いした際に、ペンを手にしばらく考えてから「あなたの人生に愛と笑いがふんだんにあるように」と書いて著書をプレゼントしてくださったことを思い出した。愛と笑いをというウィルソンからの祈りにも似た伝言を伝えることに、拙訳が少しでも役立てれば幸せである。

　本書の翻訳権取得は、これ以前のウィルソン劇の場合にも増して時間がかかった。いろいろ手を尽くしつつ待つこと二年あまり、時折訳稿に手を入れながら、もう諦めかけていたところ、二〇一三年九月にニューヨークのグリーンスペースのスタジオで行われたウィルソン全十作の公開録音の場で、ウィルソン未亡人、コンスタンザ・ロメロ氏に直接お願いすることで解決した。

　長年の友人 Michal Tamuz 氏にはウィルソン劇の上演情報、テクストや写真の版権取得などさまざまな面で支援を受けた。家族は訳文のチェックをして励ましてくれた。身に余る幸せと思う。

　最後に、而立書房の宮永捷氏にはその間忍耐強く待っていただき、今回もたいへんにお世話になったことをここに記し、心よりのお礼のことばとさせていただく。

二〇一三年十二月三日

（1）Rawson, Christopher. *Pittsburgh Post-Gazette*, April 27, 2007.

（2）Pettengill, Richard. "The Historical Perspective: An Interview with August Wilson." In *August Wilson: A Casebook*. Ed. Marilyn Elkins, New York: Garland, 1994, 223.

Herrington, Joan A. *I Ain't Sorry for Nothin' I Done: August Wilson's Process of Playwriting*. New York: Limelight, 1998, 93.

(3) Williams, Dana A. and Sandra G. Shannon, eds. *August Wilson and Black Aesthetics*. New York: Palgrave Macmillan, 2004, 194.

〔著者略歴〕
桑原　文子（くわはら　あやこ）
1945年大連生まれ。東洋大学名誉教授。俳人。東京女子大学卒業、東京都立大学大学院修了。ロンドン大学キングズ・コレッジ留学。ニュージャージー州立ラトガーズ大学客員研究員。
訳書：オーガスト・ウィルソン著『フェンス』（而立書房　1997年）、『ピアノ・レッスン』（而立書房　2000年）、『ラジオ・ゴルフ』（共訳『現代演劇19号』英潮社フェニックス　2011年）、アーサー・ミラー著『ピーターズ氏の関係者たち』（『現代演劇15号』英潮社　2002年）など。
インタビュー：「黒人劇作家 August Wilson 氏に聞く」（「英語青年」144巻12号、研究社　1999年）
著書：『アメリカは楽しかった――息子たちの異文化体験』（サイマル出版　1994年）、『この世は舞台』（蝸牛社　1997年）、『四行連詩うたう渦まき』（木島始との共著　蝸牛社　1999年）、『杉田久女　美と格調の俳人』（角川学芸出版　2008年）など。

ジョー・ターナーが来て行ってしまった

2014年3月25日　第1刷発行

定　価　本体1500円＋税
著　者　オーガスト・ウィルソン
編　者　桑原文子
発行者　宮永　捷
発行所　有限会社 而立書房
〒101-0064　東京都千代田区猿楽町2丁目4番2号
電話 03(3291)5589／FAX 03(3292)8782
振替 00190-7-174567

印　刷　株式会社 スキルプリネット
製　本　有限会社 岩佐

落丁・乱丁本はおとりかえいたします。

ISBN 978-4-88059-380-7 C0074
装幀・神田昇和